怪死

警視庁武装捜査班

『警視庁特務武装班 怪死』改題

南 英男

祥伝社文庫

目次

警視庁武装捜査班シリーズの主な登場人物

浅倉悠輔《あさくらゆうすけ》……38歳、警部。主任。元捜査一課殺人犯捜査第五係係長。自由《じゆう》が丘《おか》在住。

立花弘樹《たちばなひろき》……44歳、警視。班長。元捜査一課理事官。都内国家公務員住宅在住。

宮内和宏《みやうちかずひろ》……35歳、警部。元SP。三宿《みしゆく》在住。

乾《いぬい》 大地《だいち》……34歳、警部補。元組織犯罪対策部第五課。代々木上原《よよぎうえはら》在住。

蓮見玲奈《はすみれな》……27歳、巡査長。元鑑識課員。恵比寿《えびす》の実家在住。

若月《わかつき》 彰《あきら》……55歳、副総監。超法規捜査チーム武装捜査班の直属上司。

橋爪《はしづめ》 剛《つよし》……51歳、刑事部長。

第一章　奇妙な偽装工作

1

炸裂音《さくれつおん》が轟《とどろ》いた。

爆破音だろう。数秒後、車のブレーキ音が高く響いた。クラクションが重なる。靖国通《やすくに》りだ。

浅倉悠輔《あさくらゆうすけ》は、交際中の芳賀真紀《はがまき》と新宿歌舞伎町《しんじゆくかぶきちよう》一丁目の舗道を歩行中だった。大《おお》ガード東の近くだ。反射的に立ち止まる。

五月のある夜だ。十時過ぎだった。ゴールデンウィークの翌週である。

浅倉は真紀の手を握った。視線を巡《めぐ》らせる。

安売りと派手なポップで知られたディスカウントショップ『セルバンテス』の斜め前の車道に、警備保障会社の灰色のワンボックスカーが停車中だ。車体には『協栄《きようえい》セキュリティーサービス』という社名が横書きされている。売上金の回収をしていたのか。

ワンボックスカーは煙に包まれていた。しかし、車体は破損していない。どうやら何者かが現金集配車の進路に手榴弾《しゆりゆうだん》を投げつけて、走行を阻《はば》んだようだ。荷室には、『セルバンテス』の売上金が積まれているのだろう。

たなびく煙に切れ目ができた。

浅倉は目を凝《こ》らした。黒いフェイスマスクで顔面を隠した二人の男が、現金集配車に走り寄った。動作から察すると、どちらも二十代と思われる。

片方の男は右手に拳銃を握っている。暗くて型《タイプ》まではわからない。

「売上金強奪事件が起こるのかもしれない」

浅倉は言った。

「ワンボックスカーには、『セルバンテス』の売上金が入ってそうね」

「多分、そうなんだろう。きみは、ここで待っててくれないか。必ず戻ってくるから、動かないでほしいんだ」

「ええ、わかったわ。決して無理しないでね」

真紀が心配顔になった。

浅倉はガードレールを跨《また》ぎ、車道に飛び出した。停まっている車の間を縫《ぬ》いながら、反対側の舗道に向かう。

三十八歳の浅倉は警視庁の刑事である。並の捜査員ではない。本庁に一年八カ月前に極秘に設置された武装捜査班の主任だった。現場捜査チームのリーダーである。職階は警部だ。まだ結婚はしていない。

武装捜査班は、副総監直属の超法規捜査チームだ。警視総監及び警察庁長官公認だが、あくまでも非合法捜査班である。表向きは捜査一課特命捜査対策室別室となっていた。チームメンバーは多くない。班長を含めて五人だ。秘密の刑事部屋は、本部庁舎地下三階の奥まった場所にある。

同階は車庫として使われていて、人の出入りは激しい。だが、秘密アジトは死角になる場所にある。部外者にはまったく気づかれていないはずだ。

予備室というプレートが掲《かか》げられているだけで、どこにもチーム名は記《しる》されていない。ドアは電子ロックになっている。したがって、関係者以外は絶対に入室できない。

品川《しながわ》区勝島《かつしま》には、チーム専用の射撃訓練場がある。

元倉庫ビルの地階に造られたシューティング・レンジは、分厚い防音壁で囲まれていた。銃声が外に洩《も》れる心配はなかった。

シューティング・ブースは三つある。

人の形をした標的は、電動で操作する仕組みになっていた。前後だけではなく、左右にも動かせる。

ガンロッカーには、コルト・ガバメント、グロック26/32、ベレッタF5、H&K《ヘッケラーコッホ》モデルP7M8、スフィンクスAT380、S&W《スミスウエッソン》M360J、シグ・ザウエルP230JP、コルト・アナコンダなどの拳銃が収められている。型《タイプ》は二十種近い。

五十メートル離れた的《まと》も狙《ねら》えるUSソーコム・ピストルもあった。USソーコムとは、一九八七年四月に米国国防省に誕生した特殊作戦司令部のことだ。陸海空の特殊部隊が一本化され、USソーコムの指揮下に入ったわけだ。

USソーコム・ピストルは、ドイツのH&K社が改良を重ねた次世代拳銃である。四十五口径の半自動拳銃で、マガジンには十二発入る。

チームに貸与されているのは拳銃《ハンドガン》だけではない。

別のスチールロッカーには、レミントンM700、コルトM16A1《ワン》、イスラエル製のUZI《ウージー》短機関銃《サブマシンガン》などが入っている。電子麻酔拳銃、二連発式デリンジャー、テイザーガンといった特殊銃まで用意してあった。

テイザーガンは、電極発射型の高圧電流銃《スタンガン》だ。銃弾の中に電線付きの電極針が内蔵されている。引き金を絞ると、最大百三十万ボルトの電流が標的に送り込まれる。

メンバーは各自が秘密射撃訓練場のICカードとガンロッカーの鍵を持っている。出入りは自由だ。

多くのメンバーが週に二度はイヤープロテクターとゴーグルを装着し、マン・ターゲットを撃《う》ち抜いている。訓練を怠《おこた》ると、たちまち射撃の腕は鈍《にぶ》ってしまう。

武装捜査班のメンバーは、特捜指令が下《くだ》ったときだけ登庁すればいい。ふだんは非番と同じだ。当直の義務はなかった。

班を束《たば》ねているのは立花弘樹《たちばなひろき》警視である。四十四歳の準キャリアだ。

立花班長はチームが結成されるまで、捜査一課の理事官を務《つと》めていた。もうひとりの理事官とともに一課長の右腕として働き、十三人の管理官にそれぞれ指示を与えていた。

準キャリアは、国家公務員総合職試験（旧・Ⅰ種）に合格した警察官僚《キャリア》に次ぐエリートだ。国家公務員一般職試験（旧・Ⅱ種）合格者である。

立花は準キャリアでありながら、ほとんど出世欲はない。キャリアや準キャリアの先輩たちには変人と思われているようだ。

立花班長は知的な面立《おもだ》ちで、いかにも切れ者という印象を与える。だが、取っつきにくくはない。温厚な人柄で、部下には思い遣《や》りがある。理想的な上司だろう。

班長は都内の国家公務員住宅で妻子と暮らしている。ひとり娘は中学生だ。石川《いしかわ》県金沢《かなざわ》市の出身だった。

立花はまだ管理官だった五年七カ月前、連続殺人事件の犯人が仕掛けた罠《わな》に嵌《は》まってしまった。卑劣な殺人犯は出頭すると騙《だま》して立花を人のいない場所に誘《おび》き出し、いきなり銃弾を放ったのだ。立花は、別件で加害者に逆恨《さかうら》みされていた。

立花は被弾したことで、いまも左脚《ひだりあし》をわずかに引きずって歩く。神経が何カ所か切断されてしまったせいだ。それでも、不運を嘆《なげ》くことはなかった。大人なのだろう。

チームのナンバーツーは主任の浅倉だ。武装捜査班入りするまで、捜査一課第三強行《きょうこう》犯《はん》捜査殺人犯捜査第五係の係長だった。

浅倉は一般警察官《ノンキャリア》である。新宿署、池袋《いけぶくろ》署で強行犯《きょうこうはん》係を務め、二十九歳のときに本庁捜査一課員に抜擢《ばってき》された。殺人犯捜査第三係、六係と渡り歩き、四年七カ月前に第五係の係長のポストに就《つ》いたわけだ。

浅倉は本庁勤めになってから、二十件あまりの凶悪事件を解決に導《みちび》いた。そうした活躍ぶりが高く評価され、武装捜査班の主任に任命されたのである。

浅倉は大田《おおた》区馬込《まごめ》で生まれ育った。都内の有名私大を卒業し、警視庁採用の警察官になった。中学生のころは漠然《ばくぜん》とながら、新聞記者に憧《あこが》れていた。

志望を変えたのは、三つ違いの姉の死と深い関わりがある。姉が通り魔殺人事件の被害者になったのは高校二年生の秋だった。

五人の通行人を無差別に庖丁《ほうちょう》で刺し殺した中年男は事件現場で市民に取り押さえられたのだが、服役はしなかった。精神鑑定で心神喪失《しんしんそうしつ》と認められ、強制入院させられただけだった。

五人の命を奪っておきながら、加害者は刑罰は免《まぬが》れた。あまりにも理不尽ではないか。

短い生涯を終えた姉の無念をなんとか晴らしてやりたかった。

十代だった浅倉は、本気で報復殺人計画を練った。犯人の入院先を苦労して調べ上げ、侵入方法も決めた。しかし、浅倉は思い留《とど》まった。自分が人殺しになったら、血縁者は生きづらくなるにちがいない。

亡くなった姉は心優しかった。身内が白い目で見られることは望まないだろう。犯罪を少しでも減らすことが姉の供養《くよう》になるのではないか。

浅倉は冷静さを取り戻し、警察官という職業を選んだ。もともと正義感は強かった。曲がったことは嫌いだった。

といっても、優等生タイプではない。それどころか、くだけた人間だ。アナーキーな面さえあった。狡猾《こうかつ》な犯罪者には非情に接し、違法捜査も厭《いと》わない。世間の尺度で測《はか》れば、無頼漢《ぶらいかん》だろう。

事実、浅倉は酒と女に目がない。

アルコールは荒ぶる魂を鎮《しず》め、明日への活力源になる。瑞々《みずみず》しい柔肌《やわはだ》は、棘々《とげとげ》しさを和《やわ》らげてくれる。乾いた心が潤《うる》み、安らぎをもたらす。

浅倉は魅力的な女性を見れば、つい言い寄りたくなる。なかなか身を固める気になれないのは、ほうぼうに〝いい女〟がいるからだ。

二人きりの姉弟《きょうだい》だった。実家で両親と暮らすべきなのだろうが、それでは自由に色恋にうつを抜かせない。

そんな理由から、浅倉は長いこと都内の賃貸マンションを塒《ねぐら》にしてきた。いまは自由《じゆう》が丘《おか》にあるマンション暮らしだ。間取りは1LDKだった。

浅倉には三人の部下がいる。

SPだった宮内和宏《みやうちかずひろ》は三十五歳で、職階は浅倉と同じだ。元SPはマスクが整い、背も高い。おまけに射撃術に長《た》けている。

宮内はSPのころ、大物政治家を撃ったテロリストを三人も瞬時に撃ち倒した。急所を外した理想的な反撃だった。そのエピソードは伝説になっている。柔剣道は当然、空手の有段者でもあった。

宮内は文武両道で、読書家としても知られている。酒豪だが、煙草《たばこ》は喫《す》わない。趣味はトライアスロンだ。

私生活に乱れはないが、堅物《かたぶつ》ではなかった。婚約している美人スポーツインストラクターと来月の末に挙式予定だ。宮内は札幌《さっぽろ》生まれだった。

三十四歳の乾大地《いぬいだいち》は元暴力団係だ。

六年七カ月前に新宿署組織犯罪対策課から本庁組織犯罪対策部第四課に異動になり、その後は第五課で麻薬と銃器の取り締まりに当たっていた。乾は潜入捜査で手柄を立てたことを買われ、武装捜査班に引き抜かれたのだ。裏社会に精《くわ》しい。

乾は強面《こわもて》で、レスラー並の巨漢である。十代のころは典型的な非行少年だったようだ。その名残《なごり》があり、やくざ者によく間違えられている。

乾は感情が激すると、きまって目を細める。その癖《くせ》は割に凄《すご》みがあった。気弱な者はたいがい視線を外す。乾は粗野だが、性格は悪くない。職階は警部補である。当分、昇進試験を受ける気はないようだ。

乾は浅倉と同様に女好きだった。だいぶ前から、服役中の暴力団幹部の内妻と密会を重ねている。筋者《すじもの》の内縁の妻を寝盗《と》った事実が発覚したら、厄介《やっかい》なことになるだろう。そのスリルがたまらないのか、しばらく相手の女と別れる気はなさそうだ。

乾の実家は横浜《よこはま》市内にある。だが、代々《よよ》木上原《ぎうえはら》の賃貸マンションで暮らしている。独身だった。

紅一点の蓮見玲奈《はすみれな》は二十七歳で、聡明《そうめい》な美人だ。プロポーションも悪くない。チームに加わる前は、本庁鑑識課で職務にいそしんでいた。階級はまだ巡査長だが、科学捜査の知識は豊かだ。その点は実に心強い。

玲奈は警察官には珍しく、物の考え方がリベラルだった。いかなる場合も、反権力・反権威の姿勢を崩さない。何事も是々非々《ぜぜひひ》主義を貫《つらぬ》く。

人権派弁護士の父親の影響なのかもしれない。

ただ、玲奈は職業選択時に父とぶつかったそうだ。父親は娘が国家権力に与《くみ》するような仕事に携《たずさ》わることを快《こころよ》く思っていなかったにちがいない。

おそらく先入観に引きずられたのだろう。玲奈は、寄らば大樹の陰というタイプではない。志《こころざし》は高かった。権力側に身を寄せたかったわけではないはずだ。そのことは、玲奈の言動から感じ取れた。

およそ二十九万七千人の巨大な警察組織を支配しているのは、六百数十人の警察官僚《キャリア》だ。軍隊に似た階級社会は歪《ひず》みだらけだった。前近代的な構造を変えなければ、内部の腐敗は改まらないだろう。上意下達《じょういかたつ》が不正や堕落《だらく》を招いていることは間違いない。

玲奈は口にこそ出したことはないが、警察社会を内部から改善したいと願っている節《ふし》があった。そういう青臭《あおくさ》さを嘲《あざけ》る警察官は多い。だが、浅倉は玲奈にある種のシンパシーを感じていた。

保身のためにイエスマンになってしまったら、人間としての価値が下がる。プライドを保《たも》ちながら、生きることが望ましい。その点、玲奈は見所のある部下だった。

独身の若い警察官は、原則として待機寮と呼ばれる官舎に入らなければならない。しかし、寮生活は窮屈《きゅうくつ》だ。

上下関係が煩《わずら》わしく、門限もある。そうした理由で不人気だった。もっともらしい口実を作って、寮に入らない単身者が年ごとに増えている。

玲奈も、そのひとりだった。恵比寿《えびす》にある実家に留《とど》まっていた。玲奈は科学警察研究所の化学技官と恋仲らしいが、詳しいことは知らない。多分、彼女と価値観の似た気骨のある男なのだろう。

浅倉は現金集配車に達した。

あたりの空気は火薬臭い。黒いフェイスマスクで顔を覆った二人組がワンボックスカーの両側に回り込んで、何か怒鳴《どな》っている。

車内には、青い制服姿のガードマンが二人いた。どちらも身を竦《すく》ませ、うつむいている。現金集配車の前の路面のアスファルトは捲《めく》れ、その周辺は黒く焦《こ》げていた。砂利《じゃり》も散っている。

「早く車から出ないと、手榴弾でおまえらを車ごと噴《ふ》き飛ばすぞ」

二人組の片割れが喚《わめ》き、仲間に目配《めくば》せをした。

助手席側に立った男が懐《ふところ》に手を突っ込む。摑《つか》み出したのはノーリンコ59だった。中国製のマカロフだ。原産国は旧ソ連である。

ノーリンコ59のスライドが引かれた。銃口が夜空に向けられ、一発放たれた。

銃声が夜気《やき》を震わせる。腸《はらわた》に響くような音だった。舗道を埋めた野次馬が一斉に身を屈《かが》めた。焦《あせ》って裏通りに逃げ込む者もいた。

二人のガードマンが顔を見合わせ、恐る恐るワンボックスカーを降りた。

「もっと車から離れろ！」

威嚇《いかく》射撃した男が、助手席から出てきたガードマンに命じた。

「回収した売上金は、たったの数十万円です。車ごと売上金を奪っても、割に合わないんではありませんか？」

「数十万しか積んでないだと⁉」

「は、はい」

「嘘つくなっ。おまえら二人が『セルバンテス』のチェーン店を四軒回って、売上金を集めたことはわかってるんだ」

「えっ、この車をずっと尾《つ》けてたんですか⁉」

「そうだよ。荷室には、どのくらいの売上金が入ってる？　正直に答えないと、撃ち殺すぞ！」

「撃たないでください。総額で三千五、六百万だと思います」

「そうか。撃たれたくなかったら、ワンボックスカーから離れろ」

「わ、わかりました」

ガードマンが震えを帯びた声で言い、急に身を翻《ひるがえ》した。そのとき、運転席にいたガードマンが横にいる犯人に組みついた。

「綿ブルゾンのポケットに入ってる手榴弾を渡すんだ」

「ふざけんな。離れねえと、爆死させるぞ」

二人は揉《も》み合いはじめた。ノーリンコ59を手にした男が、仲間に加勢する動きを見せた。

浅倉は地を蹴った。あいにく丸腰だった。だが、怯《ひる》まなかった。中国製マカロフを握った男の首に手刀《しゅとう》打ちを見舞う。相手が呻《うめ》いて前屈《まえかが》みになった。

すかさず浅倉は男の腰を蹴りつけた。相手が現金集配車に額《ひたい》を打ちつけ、尻《しり》から車道に落ちた。

「警察の者だ。拳銃を捨てろ！」

浅倉は声を張った。

男が横に転がって、寝撃ちの姿勢《プローン・ポジション》になった。浅倉はとっさに横に跳《と》んだ。

ノーリンコ59が銃口炎《マズル・フラッシュ》を吐く。銃声の残響は長かった。放たれた銃弾が浅倉の腰の横を抜けていく。衝撃波で、ジャケットがかすかに揺れた。

「おい、どうしたんだよ？」

運転席側にいた男が仲間に問い、ワンボックスカーの前を回り込んできた。

「こいつ、刑事だと言ってる」

「マジかよ⁉」

「計画は中止だ」

ノーリンコ59を持った男が身を起こし、また引き金を絞った。明らかに威嚇《いかく》だった。

共犯者が綿ブルゾンのポケットから、オリーブグリーンの手榴弾を取り出した。すぐにピンリングに人差し指を引っ掛ける。

「おれたちに近寄ったら、ピンリングを抜いてこいつを投げつけるぞ」

「二人とも観念しろっ。もう逃げられないよ」

「うるせえ！　いいから、退《さ》がれっ」

「そうはいかない」

浅倉は身構えながら、少しずつ間合いを詰めはじめた。二人組は拳銃と手榴弾をちらつかせながら、後退していく。

十数メートル退がると、犯人たちはほぼ同時に背を見せた。逃走する気になったのだろう。浅倉は深追いしなかった。

男たちを追ったら、ふたたびノーリンコ59が火を噴《ふ》くだろう。手榴弾の閃光《せんこう》も走りかねない。そうなったら、たくさんの負傷者が出そうだ。忌々《いまいま》しかったが、浅倉は動かなかった。

二人組は野次馬を次々に突き倒し、さくら通りに走り入った。後《あと》は機動捜査隊と新宿署員たちに任《まか》せたほうがいいだろう。

浅倉は踵《きびす》を返し、新宿駅寄りの舗道に向かった。

車道は、夥《おびただ》しい数のセダンやワゴン車で埋まっていた。ドライバーの大半は沿道に避難し、成り行きを見守っている。

舗道に上がると、真紀が駆け寄ってきた。

「どこも怪我《けが》はしてない？」

「ああ、無傷だよ」

「あなたが撃たれそうになったんで、ひやひやしてたの。フェイスマスクをつけた男たちは、警備保障会社の現金集配車を奪うつもりだったんでしょ？」

「そうなんだが、未遂で終わったよ」

「浅倉さんのお手柄ね。パトカーが到着したら、経過を説明しなければならないんでしょ？」

「事情聴取につき合ってたら、せっかくのデートが台なしだ。きみと姿を消すことにするよ」

「現職の警察官が、それでいいの？」

「いいんだ。どうせこっちは不良刑事《デカ》だからな。ルール違反はしょっちゅうやってる」

「うふふ」

「ホテルの部屋を取ったら、バーでゆっくり飲もう」

浅倉は真紀の片腕を取ると人垣を掻《か》き分けた。

人垣の外に出たとき、サイレンの音が幾重《いくえ》にも重なって聞こえてきた。新宿通りまで歩けば、タクシーを拾えるだろう。

浅倉は真紀のくびれたウエストに腕を回し、足を速《はや》めた。

2

ベッドマットが弾《はず》んだ。浅倉は眠りを解《と》かれた。

下腹部が生温かい。浅倉は眠りを解かれた。

赤坂西急《あかさかせいきゅう》ホテルの一室だ。ダブルベッドの部屋は十六階にある。部屋から眺《なが》める夜景は幻想的だった。

真紀が股の間にうずくまり、口唇愛撫《こうしんあいぶ》を施《ほどこ》している。熱のこもった舌技だった。

「まだ物足りなかったんだな？」

浅倉は言った。

真紀がくぐもった声で何か答えた。しかし、よく聞き取れなかった。

「え？」

「起こして、ごめんなさい。わたし、また欲しくなっちゃったの。浅倉さんは何もしなくてもいいから、好きにさせて」

「おれも、もう一度きみを抱きたくなったな」

浅倉は上体を起こしかけた。

すると、真紀が手で制した。すぐに浅倉は性器を深く呑まれた。真紀は全裸だった。白い裸体がなまめかしい。

浅倉は、サイドテーブルの上の腕時計に目をやった。午前九時数分前だった。

昨夜、浅倉はチェックインしてから真紀をホテルのバーに誘った。カウンター席は客で埋まっていた。二人は円《まる》いテーブル席に落ち着いた。卓上の赤いキャンドルの炎が妖《あや》しかった。テーブル席はカップルばかりだった。

浅倉は一月の上旬のある夜、六本木《ろっぽんぎ》のカウンターバー『オルフェ』で芳賀真紀と知り合った。その店は、大人の独身男女が夜ごと集《つど》うハントバーだ。

浅倉は『オルフェ』でワンナイトラブの相手を見つけ、ちょくちょく短いロマンスを娯《たの》しんでいた。相手を強引にホテルに連れ込んだことは一度もなかった。

どの相手とも合意の情事だった。分別を弁《わきま》えた男女が心と体の渇《かわ》きを癒《いや》し合う。虚《むな》しい面もあるが、少なくとも刺激に充《み》ちている。

一夜限りで終わったケースは意外に多くない。たいがい数カ月は割り切った関係がつづく。

だが、なぜだか半年前後で相手とは疎遠《そえん》になってしまう。男女ともに結婚願望がないから、メンタルな結びつきが強まらないのではないだろうか。性的な興味が薄れると、だんだん背を向けるようになってしまうのだろう。

浅倉は相手に去られるたびに、一抹の淋《さび》しさを味わってきた。だが、去る者を追う気にはならなかった。そもそもワンナイトラブは疑似恋愛である。いちいち感傷的になっていたら、身が保《も》たない。

浅倉は恋愛に多くのものを期待していなかった。哀《かな》しいことだが、人間の心は移ろいやすい。永遠《とわ》の愛を貫《つらぬ》けるカップルは少ないのではないか。束《つか》の間《ま》、心身ともに安らげるだけで充分な気がする。

真紀とも、そうしたドライな関係でいいと思っていた。広告代理店で働く彼女は二十八歳で、妖艶《ようえん》な美女だ。色っぽいが、知的な輝きもあった。好みのタイプだった。

真紀とは不思議な縁で結ばれていた。

ある殺人事件に真紀の従姉《いとこ》が強い関心を持っていたことで、二人の結びつきは深まったのだ。真紀と男女の仲になってから、まだ四カ月そこそこしか経《た》っていない。しかし、長いつき合いになりそうな予感を覚えている。

二人は午前一時までバーでグラスを重ねた。

浅倉はスコッチ・ウイスキーのロックを呷《あお》った。真紀はカクテルを飲みつづけた。

部屋に入ると、二人は別々にシャワーを浴びた。カーテンを開け、しばらく夜景を眺めてから肌を求め合った。

情事は長く濃厚だった。二人は、さまざまな体位《ラーゲ》で交わった。その前に、浅倉は指と口唇で真紀を三度も極《きわ》みに押し上げていた。

二人はいったん体を離し、正常位で体を繋《つな》ぎ直した。仕上げだ。浅倉は六、七度浅く突き、一気に深く沈んだ。突くだけではなかった。後退するときは腰に捻《ひね》りを加えた。

二人はリズムを合わせ、一緒にゴールに駆け込んだ。その瞬間、真紀は甘やかな声で唸《うな》った。体はリズミカルに硬直していた。

浅倉の射精感も鋭かった。二人は余韻《よいん》を味わってから、結合を解いた。

先にバスルームに向かったのは真紀だった。浅倉は一服してから、ざっとシャワーを浴びた。それから、二人は抱き合う形で眠りに入った。

「体をターンさせてくれないか」

「目をつぶってて」

真紀が含み声で言った。

浅倉は言われた通りにした。真紀はペニスを含んだまま、体の向きを変える気になったらしい。だが、予想外の展開になった。

真紀は上体を起こすと、浅倉の腰に打ち跨《また》がったのだ。自ら騎乗位を取ったのは初めてだった。

「おっ」

浅倉は思わず瞼《まぶた》を開けた。真紀が猛《たけ》った陰茎の根元を持って、自分の体内に導《みちび》いた。

浅倉は下から腰全体を迫《せ》り上げた。

強く突き上げると、真紀の体は不安定に揺れた。まるでロデオに興《きよう》じているようだ。浅倉は左腕を伸ばした。真紀が片手を差し出し、自分の体を支える。

浅倉は右手を結合部に潜《くぐ》らせた。指の腹で感じやすい突起を愛撫しはじめる。Gスポットも刺激した。

数分後、真紀は不意に高波にさらわれた。悦《よろこ》びに裸身を震わせながら、浅倉の上に覆《おお》い被《かぶ》さってきた。乳房はラバーボールのような感触だった。

浅倉は真紀を抱いたまま体を反転させた。ペニスは抜け落ちなかった。浅倉は真紀の両脚を肩に担《かつ》ぎ上げると、ダイナミックに腰を躍《おど》らせはじめた。

真紀は控え目ながらも、迎え腰を使った。それだけ快感が深く、無意識に体が動いてしまったのだろう。

浅倉は頃合《ころあい》を計《はか》って、体位を変えた。

真紀をフラットシーツに這《は》わせ、後背位で分け入った。両膝《りようひざ》立ちで、強く弱く抽送《ちゆうそう》しつづける。浅倉は腰だけではなく、両手も使った。

「また、わたし……」

真紀が上擦《うわず》った声で、エクスタシーが迫ったことを告げた。

浅倉は突いて、突きまくった。ほどなく真紀の背中が丸まった。それから間もなく、彼女は頂《いただき》に駆け昇《のぼ》った。背を大きく反《そ》らしながら、フラットシーツに倒れ込んだ。

その直後、浅倉は果てた。背筋を心地《ここち》よい痺《しび》れが走り抜ける。脳天も白く霞《かす》んだ。

二人が親密になってから、真紀はピルを服用しつづけている。スキンを使うことはなかった。

少し休んでから、浅倉と真紀は別々にシャワーを浴びた。きょう、真紀は有給休暇を取っていた。

「チェックアウトしたら、レンタカーでドライブでもするか」

浅倉は、先に身繕《みづくろ》いを終えた真紀に言った。

「いいわね。海を見に行きたいな。オープンカーをレンタルしてる会社がどこかにあったと思うわ」

「ベンツのオープンカーでも借りるか」

「そうしましょうよ。湘南《しょうなん》は月並だから、外房《そとぼう》に行ってみない？」

「そうするか。その前にルームサービスでコーヒーを取ろう」

「いまは何も飲みたくないわ」

真紀が言って、正面のソファに浅く腰かけた。二人は向かい合う恰好《かっこう》になった。

「なら、オープンカーを借りる前にどこかで朝飯を喰《く》うか」

「任せるわ」

「着替えてくる」

浅倉はソファから立ち上がり、クローゼットに足を向けた。シャワーを使ったとき、髭《ひげ》は剃《そ》っている。

身仕度《みじたく》を終えたとき、上着のポケットで刑事用携帯電話《ポリスモード》が着信音を発した。浅倉はポリスモードを摑《つか》み出し、ディスプレイを見た。

発信者は立花班長だった。

「浅倉君、まだ寝《やす》んでたのかな？」

「ちゃんと起きてましたよ。若月《わかつき》副総監から、武装捜査班《うち》に特捜指令が下《くだ》ったんですね？」

「そうなんだ。今回の事案《じあん》はいつもと少し違ってる」

「どんなふうに違うんでしょう？」

「四月六日に野方《のがた》署管内で起こった殺人事件なんだが、初動捜査では当初、〝他殺に見せかけた自殺〟と断定されかけたんだよ。ところが、野方署のベテラン捜査員が他殺説を譲らなかったんだ。そんなことで、被害者は司法解剖されることになったんだよ。やはり、他殺だった」

「その事件は記憶に新しいな。被害者《マルガイ》は、確かブラック企業と噂《うわさ》されてる居酒屋チェーン

『くつろぎ亭』の野方店の店長だったんですよね？」

浅倉は確かめた。

「そう。山中啓太《やまなかけいた》という名で、享年《きょうねん》二十八だった。被害者は自宅のワンルームマンションで死んでたんだが、左の太腿《ふともも》に刺し傷があって、心臓部にダガーナイフが深々と突き刺さってた」

「そういう状況でしたっけね。そこまでは憶《おぼ》えてないんですよ。ただ、被害者《マルガイ》は過重労働で心のバランスを崩し、軽度のうつ病だったんですよね」

「そうなんだ。山中は忙しくてデートをする時間もなくなったんで、一方的に交際してた女性に去られてしまったんだよ。そんなことがあって、山中啓太は厭世的《えんせいてき》な気持ちになってたようだ」

「他殺に見せかけた自殺と見立てた根拠は、なんだったんです？」

「山中は死ぬ五カ月前に、実母を受取人にして二千万円の生命保険を掛けてたんだ。保険を掛けて一年以内に自殺した場合は、保険金が支払われないケースもある。金銭的に詰まった者が四、五回掛け金を払って自死したら、生保会社は商売にならないからね」

「ええ。それだから、山中が他殺に見せかけて自殺したんではないかと初動捜査で判断されそうになったんですか」

「そうなんだ。他殺なら、契約一年未満でも生命保険金はちゃんと受取人に支払われる。

それだから、最初は山中が他殺に見せかけて自殺したと推測した刑事が多かった。ドアはロックされていなかったし、室内も荒されてた。床の足跡《ゲソ》は二十七センチだったんだよ。被害者は二十五センチ半の靴を履《は》いてたんだ。足跡《ゲソ》と同じサイズの靴がワンルームマンションの真裏の民家の庭に投げ込まれてたので……」

「それで、初動では山中が他殺に見せかけて自殺し、二千万円の生命保険金が実母に渡るよう偽装してからダガーナイフを使ったと筋を読んでしまったんですね？」

「所轄署の刑事の多くは、そう見立てたようだ」

「その見立てはおかしいですね。故人の腕にためらい傷があったわけじゃなかったんでしょ？　首にも傷はなかったようだから、すぐ他殺を疑うべきですよ。自殺する気でいる者がわざわざ先に太腿を刺してから、心臓部にダガーナイフを突き入れるわけありませんので」

「冷静に考えれば、そうだね。しかし、野方署のほとんどの捜査員と本庁《うち》の機動捜査隊連中も室内が荒され、故人のものではない靴痕《くつあと》があって、さらに太腿と胸部に刺し傷があったことから、他殺を装《よそお》った自殺と判断してしまったにちがいない」

「そうなんでしょう」

「だがね、停年が迫った老練刑事は故人が自殺したのなら、ダガーナイフを最初っから心臓部に突き立てるだろうと他殺説を主張しつづけたらしいんだ。確かに先に太腿を刺さなければならない理由はない」

「ええ、そうですね」

「自殺説に傾いてた連中は、先に山中が太腿を刺したのは他殺に見せたかったからだと反論したそうだが、検視官は被害者の左手の指の股の注射痕《ちゅうしゃこん》と思われる傷を見逃さなかったんだ」

「山中啓太は犯人《ホシ》に左手を摑まれて、指の間に麻酔液入りの注射針を突き立てられたんでしょうね」

「わたしもそう推測したんだが、被害者の体内から麻酔薬はまったく検出されなかったんだよ」

班長が言った。

「そうなんですか」

「浅倉君、どう筋を読むべきなんだろう？」

「おそらく犯人は被害者《マルガイ》の左手の指の股に注射針か太めの縫《ぬ》い針を突き刺し、まずダガーナイフで左の太腿を浅く刺したんじゃないかな」

「太腿の傷は浅かったんだ。加害者は被害者を抵抗できなくする目的で、先に太腿を刺したんだろうね」

「ええ、そうなんでしょう。被害者《マルガイ》が竦《すく》んでる間に、犯人《ホシ》はダガーナイフを心臓部に深く埋めたんじゃないのかな。山中が息絶えてから、ダガーナイフの柄《え》に故人の指紋《しもん》と掌紋《しょうもん》をべったりと付着させ、加害者は逃走した。そう筋を読んでもいいと思います」

「なるほど、そういう流れだったんだろうな。とにかくベテラン捜査員の勘が冴えてたんで、他殺だと看破できた。おかげで、機捜は恥をかかなくて済んだ」

「そうですね」

「そんな経緯があって、野方署に捜査本部が設けられた。第一期捜査には捜一《そういち》の殺人犯捜査五係と野方署のメンバーが当たったんだが、容疑者の特定はできなかった」

「第二期に追加投入されたのは？」

浅倉は訊《き》いた。通常、第一期は三週間だ。かつては一カ月だった。

第一期内に事件が落着しない場合は、所轄署の刑事たちは捜査本部から離脱する。つまり、おのおのが自分の持ち場に戻るわけだ。その代わりに本庁から捜査員が追加投入される。

捜査一課殺人犯捜査の実働チームは現在、第二強行犯捜査第一係から第四強行犯捜査第九係までだ。それぞれ十数人で構成され、係長が二つのチームを仕切っている。係長には警部が就《つ》く。二人の主任は、たいてい警部補だ。

「二期から第七係の面々が投入されたんだが、残念ながら……」

「そうですか」

「橋爪《はしづめ》刑事部長は一日も早く支援捜査を開始してほしいとおっしゃっている。宮内君たち三人に呼集《こしゅう》をかけて、正午前には登庁してもらえないだろうか」

立花班長が通話を切り上げた。警察関係者は、召集を呼集と言い換えている。

浅倉はポリスモードを上着の内ポケットに仕舞《しま》い、真紀のいる場所に戻った。

「ごめん！　呼集がかかっちゃったんだ。ドライブは今度にさせてくれないか」

「任務を優先させないとね」

真紀が言った。浅倉は自分が特命チームの主任を務めていることを打ち明けてあった。隠しておけない状況になって喋《しゃべ》らざるを得なくなったのだが、詳細には触《ふ》れていない。

「何かの形で穴埋めするから、勘弁してくれないか」

「いいのよ、気にしないで」

「グリルで朝食を摂《と》ったら、きょうは別れよう」

「実はあまり食欲がないの。中目黒《なかめぐろ》のマンションに帰って、少し寝るわ。素敵な一刻《ひととき》をありがとう」

真紀が屈託《くったく》がない声で言い、ソファから腰を浮かせた。

「せめて一階のティールームで……」

「本当に気にしないで。わたし、先に部屋を出るわね」

「本当にごめんな。任務が終了したら、ゆっくり会おう」

浅倉は真紀をドアまで見送った。

3

タクシーが赤信号に引っかかった。

前夜の売上金強奪未遂事件の犯人の二人は、まだ捕まっていないようだ。非常線をどうやって突破したのか。

浅倉は後部座席で、ふと思った。赤坂のホテルをチェックアウトする前に電話で本庁機動捜査隊の主任に探《さぐ》りを入れてみたのだが、二人組はいまも逃走中だという話だった。

信号が青になった。

ふたたびタクシーが走りだした。虎ノ門のあたりだった。浅倉は本部庁舎に向かっていた。三人の部下には連絡済みだった。

「お客さんは警察の方なんでしょう?」

五十年配のタクシー運転手がハンドルを捌《さば》きながら、問いかけてきた。

「いや、これから出頭するんですよ。昨夜《ゆうべ》、人を殺しちゃったんで」

「冗談がお好きなようですね。ところで、きのう、新宿で売上金強奪未遂事件が発生したでしょ? 逃走中の二人組は現金集配車の進路に手榴弾を投げつけて、車ごと『セルバンテス』の売上金を奪おうとしたそうじゃないですか」

「そうみたいですね。よく知らないんですよ」

浅倉はとぼけた。

「そうですか。格差社会ですので、金のない人間は荒っぽい手口でまとまった銭《ぜに》を掴《つか》みたくなっちゃうんでしょうね。法を破るのはよくありませんけど、犯人たちの気持ちはわかりますよ」

「そう」

「株価が上がってますけど、庶民の暮らしは少しもよくなってません。いい思いをしてる人間なんか一握りなんじゃないですか?」

「そうなんでしょうね」

「義賊が現われてメガバンクや大企業の金をごっそり盗んで、生活苦に喘《あえ》いでる人々に配ってほしいな。半分は冗談ですが、半分は……」

「危ない方だな」

「そう思ってるだけですよ」

タクシー運転手が笑いを含んだ声で言い、口を結んだ。

それから五、六分で、目的地の桜田門《さくらだもん》に着いた。浅倉は料金を払って、タクシーを降りた。通用口から本部庁舎に入る。

浅倉は大股でエレベーターホールに向かった。

本部庁舎は十八階建てで、ペントハウスがある。ペントハウスは二層になっていて、機械室として使用されていた。屋上にはヘリポートがある。地下は四階までだ。

本部庁舎では、およそ一万人の警察官・職員が働いている。誰もが顔見知りというわけではない。本庁勤めの捜査員同士が酒場で互いを怪しんだという笑えないエピソードもある。

エレベーターは十九基と多い。そのうちの十五基は人間専用の函《ケージ》だ。高層用、中層用、低層用と分かれている。

浅倉は中層用エレベーターに乗り込んだ。

十一階に上がる。このフロアには警視総監室、副総監室、総務部長室、企画課、人事第一課、公安委員室などがある。浅倉はケージを出ると、さりげなく左右に目を配った。

近くには誰もいない。足早に副総監室に進む。浅倉はドアをノックしてから、速《すみ》やかに入室した。午前十一時四十分過ぎだった。

十人掛けのソファセットが、ほぼ中央に据えられている。

窓側に若月彰《あきら》副総監と橋爪剛《つよし》刑事部長が並んで坐《すわ》っていた。若月は五十五歳で、橋爪は五十一歳だ。若月副総監は制服に身を包んでいる。恰幅《かっぷく》がよかった。

立花班長はドア寄りのソファに腰かけていた。背広姿だ。部下たちは、まだ副総監室に姿を見せていない。

「また、きみらに働いてもらうよ。よろしくな」

若月副総監が笑顔を向けてきた。浅倉は短い返事をして、立花のかたわらに坐《すわ》った。

「メンバーが揃《そろ》うまで待とう」

橋爪刑事部長が立花班長に言った。立花が大きくうなずく。

刑事部長の橋爪はキャリアで、刑事部各課を取り仕切っている。右腕の参事官任《まか》せではなく、自身が指示していた。エリート官僚だが、気さくだ。少しも尊大ではなかった。

雑談を交わしていると、元SPの宮内が現われた。やや遅れて、玲奈と乾が一緒に馳《は》せ参じた。二人は、たまたま同じエレベーターに乗り合わせたらしい。

三人の部下は浅倉の横に腰を下ろした。

「指令内容を伝えてくれないか」

副総監が橋爪を促《うなが》した。チームの五人は表情を引き締めた。

「立花班長が浅倉君にアウトラインは伝えたと思うが、四月六日の夜、居酒屋チェーンの店長をしてた山中啓太、二十八歳が中野《なかの》区内の自宅マンションで何者かに刺殺された」

「初動捜査では、他殺に見せかけた自殺と見立てたようですね」

浅倉は橋爪刑事部長に顔を向けた。

「そうなんだよ。だが、野方署のベテラン刑事の他殺説が正しいと判断されたので、本庁《うち》は所轄署の要請に応じて捜査本部を設置した。殺人犯捜査五係が第一期を担《にな》ったんだが、容疑者の特定はできなかった。で、七係を追加投入したんだが、現在のところ、重参（重要参考人）は捜査線上に浮かんでいない」

「そうらしいですね」

「例によって参事官に捜査資料を集めてもらったんで、メンバー全員がまず予備知識を頭に入れてほしいんだ」

「わかりました」

「立花班長、ファイルを配ってくれないか」

「はい」

立花がコーヒーテーブルの上に積み上げられたファイルを引き寄せ、四人の部下にひとりずつ捜査資料を手渡した。

浅倉は膝の上でファイルを開いた。三人の部下たちが倣《なら》う。

鑑識写真は、表紙とフロントページの間に挟《はさ》んであった。どれもカラー写真だ。二十数葉《よう》はあるだろう。

浅倉は鑑識写真を捲《めく》りはじめた。山中啓太はシングルベッドのそばに倒れている。仰向《あおむ》けだった。左の太腿の刺し傷から出た血が白っぽいチノクロスパンツを赤く染めていた。

出血量は、それほど多くない。傷が浅いからだろう。

心臓部には、ダガーナイフが垂直に突き刺さっている。思いのほか血のにじみ方は小さい。刀身が血止めの役目を果たしたのだろう。

ベッドカバーが垂れ下がり、床《ゆか》には物が散乱している。どうやら、殺害された山中は加害者と揉《も》み合ったようだ。

だが、抵抗は虚《むな》しかった。被害者は犯人に左手を強く摑まれ、指の股を注射針か縫い針で突かれた。怯《ひる》んだ隙《すき》にダガーナイフで左腿を浅く刺され、心臓部を貫かれて絶命したと思われる。

司法解剖は東京都監察医務院で行われた。浅倉は解剖所見の写しを読んだ。死因はショック性出血で、ほぼ即死状態だったらしい。死亡推定日時は、四月六日の午後九時半から同十時半の間とされた。

死体の第一発見者は、被害者が店長を務めていた『くつろぎ亭』野方店の男性アルバイト学生だった。事件当夜、被害者は自宅で仮眠をとってから午後十一時には職場に戻ることになっていた。

ところが、店長は午前零時近くになっても店に戻ってこなかった。第一発見者の大学生は心配になって、若宮《わかみや》二丁目にある被害者宅に急行した。そして、山中の死体を発見し、ただちに一一〇番通報した。

浅倉は事件調書に目を通しはじめた。

ワンルームマンションの入居者は、誰も異変には気づかなかったようだ。事件現場となった三〇三号室で不審な物音を耳にした者はひとりもいなかった。

犯人はピッキング道具を使って、山中の部屋に侵入したのか。それとも、被害者とは顔見知りだったのだろうか。どちらとも考えられる。

室内は荒されていたが、金品は盗まれていない。犯行動機は怨恨《えんこん》と思われるが、まだ断定できる裏付けはなかった。

捜査本部の調べによると、被害者は過酷な条件で働かされていたようだ。正社員で店長というポストを与えられていたが、店長手当は月に一万二千円だった。基本給は十七万三千円で、諸手当を加算しても手取りの月給は二十万円そこそこだ。

厨房《ちゆうぼう》スタッフとホール係の五人はすべて学生アルバイトで、店長自ら食器洗いと店内清掃をこなしていた。一日十九時間も働かされていても、残業代はゼロだった。

全国で約四百店をチェーン展開している『くつろぎ商事』は会社の方針に従わなかった社員を何十人も不当解雇して、告訴されていた。ノルマをこなせないアルバイトの時給を一方的に下げたことでも、クレームが相次いでいた。

そんなことで、マスコミではブラック企業のワースト5に入ると報じられていた。浅倉も、そのことは知っている。

山中啓太は店長のポストに就いた二年一カ月前から売上目標額達成のため、それこそ身を粉《こ》にして働いていた。目標額を下回ると、運営会社に呼びつけられて詰《なじ》られた。

それでも、被害者は努力を重ねた。専門学校を中退した山中は、いまの職場で耐え抜かなければならないと考えていたようだ。

しかし、慢性的な寝不足から心身ともに疲れるようになった。心が挫《くじ》け、神経クリニックで軽度のうつ病と診断された。

被害者の母親は、ひとり息子に転職を勧《すす》めた。だが、被害者はその気にならなかった。調理師学校を中退した後、山中啓太は転職を繰り返していた。

仕事が変わるたび、見習い扱いされる。労働条件も悪くなることが多かった。被害者は『くつろぎ亭』の店長として認められ、次のステップを踏みたいと考えていたようだ。

山中は安定した収入を得て、亡くなった夫の遺族年金とパート収入で生計を立てている母親に小遣いを渡しつづけたかったのだろう。いまどき珍しい孝行息子だったと言えるのではないか。

山中はひたすらハードワークに耐えた。

だが、過去一年半で『くつろぎ亭』の別の店を任されていた三人が相次いで過労死した。明日は我が身かもしれない。

山中は意を決して運営会社の原利夫《はらとしお》専務、五十一歳に各店のスタッフを増やしてほしいと直訴《じきそ》した。しかし、取りつく島はなかった。

やむなく被害者は、労働者支援組織『東京青年ユニオン』に支援を求めた。『東京青年ユニオン』は、会社の前で拡声器まで使って『くつろぎ商事』に団体交渉に応じろと迫った。

対応したのは運営会社の顧問弁護士の樋口泰広《ひぐちやすひろ》、五十三歳だった。連日のデモで運営会社の業務が妨害されたという理由で、頑《かたく》なに話し合いに応じなかった。

双方の攻防がつづいた。そんな時期に山中と『東京青年ユニオン』の長坂克彦《ながさかかつひこ》事務局長、四十八歳が正体不明の暴漢にそれぞれ襲われた。二人とも運よく逃げることができた。怪我は負わなかった。

捜査本部はその事実を知り、『くつろぎ商事』の関係者が山中殺しに関与している疑いが濃いと睨《にら》んだ。役員たちと顧問弁護士をマークした。

だが、全員にアリバイがあった。誰かが実行犯を雇《やと》った気配もうかがえなかった。

捜査が二期に入ると、山中に背を向けた元恋人の香月理恵《こうづきりえ》、二十六歳と彼女の新しい彼氏の田浦拓海《たうらたくみ》、三十歳を洗いはじめた。

山中は一年ほど前に去られた理恵とよりを戻したくて、ストーカーじみたことを何度かしていたらしい。薄気味悪がった理恵は、新しい交際相手に救いを求めた。

田浦は理恵と一緒に山中の職場に押しかけ、外に連れ出して交互に詰《なじ》った。山中は理恵に対する想《おも》いは変わっていないと熱く訴えた。田浦はそのことに腹を立て、山中の顔面にパンチを浴びせた。

山中は反撃しなかったが、その後も香月理恵の周辺をうろついていた。捜査本部は理恵が田浦に山中を始末させた疑いもあると考えた。

二人のアリバイはもちろん、交友関係を徹底的に調べた。その結果、どちらもシロという心証を得た。

事件調書を読んで、これまでの経過はわかった。浅倉はファイルに鑑識写真の束《たば》を挟み込んでから、静かに閉じた。三人の部下は、まだ捜査資料を読んでいる。

「もしかしたら、初動と捜査本部の調べに何か抜けがあったのかもしれないな。浅倉君、どう思う？」

橋爪刑事部長が問いかけてきた。

「五係と七係のメンバーは粒揃《つぶぞろ》いですので、抜けはないと思いたいですね。ただ、人間は機械ではありません。思い込みや先入観に囚《とら》われて、読みが浅かったりしますでしょ？」

「つまり、捜査に甘さがあったのではないかってことだな」

「それを全面的に否定はできないでしょうね。どんなに優秀な捜査員も全知全能ってわけではないので」

浅倉は答えた。

「そうだね。立花班長は、どう筋を読んでるのかな？」

「まだ筋を読めたわけではないのですが、被害者の山中は『東京青年ユニオン』の支援だけでは『くつろぎ商事』の経営方針を改善させることは難しいと判断し、何か別の手で会社と対抗する準備を密《ひそ》かにしてたとは考えられないでしょうか？」

立花が刑事部長の顔を直視した。

「被害者はチェーン店の店長が三人も過労死したので、マスコミを通じて内部告発する準備をしてたんじゃないか。そういうんだね？」

「そうなのかもしれませんし、都労委か東京地検刑事部にブラック企業の実態を訴える気だったとも考えられます」

「そうだな。どういう手段を選ぼうとしてたのかはわからないが、名ばかり店長がうまく扱《こ》き使われていることが公《おおやけ》になったら、『くつろぎ亭』の運営会社は慌《あわ》てるだろう」

「ええ、そうでしょうね」

「下手な駄ジャレだが、『くつろぎ商事』の役員たちは寛《くつろ》いでいられなくなる」

「は、はい」

「返答に窮《きゅう》してるようだね。ジョークはともかく、山中啓太に内部告発されたら、『くつろぎ商事』のイメージはさらに悪くなる。山中の口を永久に塞《ふさ》ぎたくなっても不思議じゃないな。世間でブラック企業と思われてる『くつろぎ商事』が内部告発の芽を摘《つ》み取ったのかもしれないぞ」

「橋爪刑事部長、推測や臆測でそこまで言うのはいかがなものかね」

若月副総監が苦言を呈《てい》した。橋爪が頭に手をやる。

「おっしゃる通りです。ふだん参事官や理事官に予断は禁物だと言っているわたしが軽はずみなことを口走ってしまいました。申し訳ありません」

「謝るほどのことじゃないよ。殺人事件を数多く落着させた武装捜査班に筋を読んでもらったほうがいいんじゃないか」

「そうしましょう」

「立花君、地下三階のアジトで捜査資料を読み込んで、早速《さっそく》、支援捜査に取りかかってくれないか」

「了解しました」

立花班長が自分用のファイルを抱え上げ、ソファから立ち上がった。浅倉は三人の部下に目配せした。

五人は一礼して、副総監室を出た。少しずつ時間をずらしながら、エレベーターに乗り込む。メンバーは秘密刑事部屋に落ち着くと、自席で改めて捜査資料を読み返した。浅倉は速読し、セブンスターをくわえた。半分ほど喫《す》ったとき、乾がファイルから顔を上げた。

「リーダー、野方署のベテラン刑事《デカ》には悪いけど、本当に山中啓太は殺害されたんですかね」

「初動の見立て通り、他殺に見せかけた自殺じゃなかったのかと思ってるようだな？」

「そうだったのかもしれませんよ。事件調書を読むと、山中啓太は八方塞《ふさ》がりの状態だったみたいでしょ？　過重労働で身も心もボロボロって感じですよね？」

「そうだったんだろうな」

「会社に労働条件の改善を求めたけど、突っ撥《ぱ》ねられてしまった。頼りにしてた『東京青年ユニオン』は、それほど強い味方じゃなかったと落胆したんじゃないっすか。それから魔手が迫ったり、一方的に去った香月理恵ともよりを戻せなかった」

「それどころか、理恵の新しい彼氏の田浦拓海には殴《なぐ》られた」

「ええ、そうですね。山中啓太は生きることに疲れちゃって、人生に終止符《ピリオド》を打つ気になったんじゃないのかな。母親が経済的に豊かじゃないんで、急いで二千万円の生命保険を掛け、殺されたように偽装工作をして自分でダガーナイフを心臓部に沈めたのかもしれませんよ」

「左の太腿を先に浅く刺したのは、部屋に押し入ってきた奴に襲われたように見せるための小細工だった？」

「そうだったんじゃないっすかね。その前に自分よりもサイズの大きな靴を履《は》いて、予《あらかじ》め床に足跡《ゲソ》をつけておいたんでしょう。そう考えれば、初動の見立ては間違ってない気がするな」

「乾、山中の左手の指の間の針の痕はどう説明する？」

浅倉は訊いた。

「架空の殺人者に麻酔注射をうたれてから、刺し殺されたと思わせたかったんじゃないかな」

「山中の体内から麻酔薬の類《たぐい》は検出されなかったんだぞ」

「あっ、そうだったな。自分で縫い針で指の股を刺したんすかね。でも、そこまでする必要はないか」

「乾さん、山中啓太は殺害されたんだと思うわ」

玲奈が口を挟んだ。すぐに宮内が同調する。

「こっちの筋読みは外れたか。暴力団係《マルボウ》を長くやってたんで、まだ殺人捜査に馴《な》れてないんだよな」

「乾君の推測は、ちゃんとストーリーになってるよ。しかし、野方署のベテラン捜査員が見破った通りなんだろう」

立花班長が言った。

「そうなんでしょうね。混乱させるようなことを言って、すみませんでした」

「いいさ。気にするな」

「だけど、見当外れだったわけっすから」

「いいんだよ」

「班長、捜査対象者を洗い直す前に被害者《マルガイ》の母親の敏子《としこ》、五十七歳と『東京青年ユニオン』の長坂事務局長に会ってみたほうがいいでしょ？」

浅倉は言った。

「そうだな。割り振りは、きみに任せよう」

「はい。宮内・乾班には、被害者《マルガイ》の母親に会ってもらいます。こっちは蓮見と『東京青年ユニオン』に行きますよ」

「わかった。その前に腹ごしらえをしておいたほうがいいね」

立花が言った。浅倉は小さく笑い返し、短くなった煙草の火を灰皿の底で揉み消した。

4

部屋の空気が重く感じられる。

気のせいだろうか。浅倉は、相棒の玲奈と殺人現場に立っていた。『若宮コーポラス』の三〇三号室だ。

午後二時を数分回っていた。浅倉たちは昼食を摂《と》ってから、事件現場を訪ねたのである。

部屋の前には、四階建てのワンルームマンションを差配《さはい》している不動産管理会社の男性社員がたたずんでいた。森井《もりい》という姓で、三十歳前後だった。森井にマスターキーで三〇三号室のドアを解錠してもらったのだ。

遺留品《いりゅうひん》の見落としがあったのではないかと思っているわけではない。浅倉は支援捜査の前に事件現場を必ず踏んでいた。がらんとした空き部屋に立っていると、被害者の無念がひしひしと伝わってくる。それが捜査の原動力になった。

「故人はもっと生きたかったでしょうね」

玲奈が屈《かが》み込んで、両手を合わせた。

浅倉も短く合掌《がっしょう》した。不運だった山中啓太の冥福《めいふく》を祈る。

玲奈が立ち上がった。

「この部屋で殺人事件があったんで、当分、借り手は現われないでしょうね」

「だろうな。ワンルームマンションのオーナーは、被害者《マルガイ》の母親に損害賠償を求めるかもしれない」

「ええ、考えられますね。山中啓太に非があったわけではないのに……」

「そうなんだが、オーナーの立場を考えると、損害賠償を求めたくもなるだろう。新たな借り手がいなかったら、三〇三号室は事故物件になるからな」

「ええ、そうですね。被害者の生命保険金の二千万円がお母さんに渡っても、そのうちの何割かは賠償金の支払いに充《あ》てなければならなくなりそうだな」

「そうなるかもしれないな。山中敏子は亡夫の遺族年金とスーパーで得てるパート収入で倹《つま》しく暮らしてるようだから、それほど貯《たくわ》えがあるとは思えない」

「でしょうね。捜査資料には生命保険金が下《お》りたかどうかまではまだ記述されてなかったけど、もう受取人の手に渡ってるのかしら？」

「他殺と断定されたんだから、二千万円の保険金は被害者の母親《マルガイ》に渡ってると思うよ」

「そうだといいですね」

「もう出よう」

浅倉は先に部屋を出た。玲奈もすぐにパンプスを履《は》いた。きょうはグレイのパンツスーツ姿だ。似合っている。

森井が三〇三号室の電灯を消し、手早く戸締まりをした。

「ご協力、ありがとうございます。入居者の方から三〇三号室の様子をうかがってる不審者がいるというような電話が管理会社にかかってきたことはありませんでした？」

浅倉は森井に質問した。

「そういうことはありませんでした。亡くなった山中さんは穏《おだ》やかな方で、家賃を滞納したこともなかったです」

「そうですか。ほかの入居者と生活騒音を巡《めぐ》ってトラブルになったことは？」

「いいえ、ありませんでした。ワンルームを借りるお客さんは二、三十代の男女が圧倒的に多くて、個人主義者といいますか、あまり干渉《かんしょう》し合わないんですよ。派手な物音をたてる入居者はいませんから、トラブルも起きないわけです」

「なるほどね。この時間帯に在宅してる入居者は少ないんだろうな」

「みなさん、昼間働いてますからね。ただ、フリーでブックデザイナーをされてる四〇五号室の及川《おいかわ》さんは部屋にいると思います」

「その方は男性ですか？」

「ええ、そうです。三十四、五歳で、長い髪を後ろで束《たば》ねてます」

「その方のほかに在宅されてそうな方は？」

玲奈が口を開いた。

「一〇二号室の滝沢千穂《たきざわちほ》さんは高円寺《こうえんじ》でスナックを共同経営してるんで、まだ自室にいるでしょう」

「及川さんと滝沢さんの二人は、山中さんとつき合いがあったのかしら？」

「顔を合わせたときに目礼《もくれい》くらいはしてたでしょうが、特に親しくはなかったようですよ」

「わかりました。われわれは少し聞き込みをしたいので、ここで失礼します」

浅倉は森井に言った。

森井が軽く頭を下げ、階段の降り口に向かった。ワンルームマンションにエレベーターは設置されていない。

浅倉・蓮見ペアは四階に上がった。

ブックデザイナーの及川という男は自室にいた。浅倉は警察手帳を呈示《ていじ》し、四〇五号室の借り主に協力を求めた。だが、なんの手がかりも得られなかった。

四階の残りの各室のインターフォンを鳴らしてみたが、応答はなかった。

浅倉たちは三階に下《くだ》り、各室を訪ねた。しかし、どこも留守のようだった。

二階の全室も応答がなかった。浅倉たちは一階に降りた。玲奈が一〇二号室のインターフォンを響かせる。

ややあって、滝沢千穂が応対に現われた。派手な顔立ちだが、ノーメイクだった。どこか気《け》だるげだ。二日酔いなのか。

玲奈が刑事であることを明かして、先に千穂に問いかけた。

「四月六日の夜の事件のことは、ご存じですよね？」

「ええ、びっくりしたわ。三〇三号室に住んでた山中って男性《ひと》が死んだのよね。最初は他殺を装った自殺だろうって見方を警察はしてたんでしょ？」

「ええ。その後の調べで殺人事件だと断定されて、野方署に捜査本部が設置されたんですよ」

「滝沢さんは高円寺でスナックを共同経営してるとか……」

浅倉は相棒を手で制し、言葉を発した。

「よく知ってるわね。誰から聞いたの？」

「そういう質問には答えられないんですよ」

「も、もしかしたら、わたし、疑われてるの⁉」

滝沢千穂の顔が引き締まった。

「そういうわけではありません。まだ加害者の割り出しに至っていないので、再聞き込みをすることになったんですよ」

「そういうことなの。よく考えてみれば、わたしが疑われるわけないのよね。三〇三号室に住んでた山中さんの顔は知ってたけど、なんの利害関係もないんだから。たまたま友達と『くつろぎ亭』の野方店に入ったら、山中さんが店長として働いてたので、びっくりしちゃったわ」

「それまでは、山中さんの職業も知らなかったんですね？」

「知らなかったわよ。ここの敷地内で会釈《えしゃく》し合ってはいたけど、言葉を交わしたこともなかったの。彼、いつも疲れ切った感じだったんで、世間話もできない感じだったのよ」

「事件当夜、あなたは自分の店で働いてたんでしょ？」

「九時ちょっと前までは、店にいたわ。でも、親知らずが疼《うず》くようになったんで、共同経営してる女性《ひと》に店を任せて自宅に帰ってきたのよ。同じクラブで働いてた元同僚ホステスだから、売上金をネコババされる心配もなかったんでね」

「山中さんの死亡推定時刻は、午後九時半から十時半の間なんですよ。あなたが帰宅されたのは何時ごろでした？」

「タクシーで戻ったのは九時二十分ごろだったと思うわ」

「そのとき、『若宮コーポラス』の前に不審な人物はいませんでした？」

「怪しい男はうろついてなかったけど、少し離れた暗がりに黒いカローラが駐《と》めてあったわね。車内には二人の男がいて、何か言い交わしてたわ。どっちも黒っぽいキャップを被ってたな。顔はよく見えなかったけど、二、三十代なんじゃないかな」

「車のナンバーは？」

浅倉は畳《たた》みかけた。

「そこまでは見なかったわ。なんとなく薄気味悪かったんで、わたし、さっさと自分の部屋に入っちゃったのよ」

「そうですか」

「あの二人のどちらかが三〇三号室の彼をダガーナイフで……」

「現場の状況から察して、単独による犯行のようなんです」

「それなら、片方が見張りだったんじゃない？　もうひとりの男が山中さんを刺し殺したのかもよ」

「その二人の男が少し気になるな。ほかに不審者は見てないんですね？」

「ええ」

「その二人のことは、初動捜査担当の者に話しました？」

「ううん、話してないわ。余計なことは言わないほうがいいと思ったのよ。でも、まだ犯人が捕まってないんで、喋《しゃべ》ったほうがいいだろうと考え直したの」

「そういうことですか。カローラに乗ってた二人が事件に絡んでるかどうかわかりませんが、参考にさせてもらいます」

「早く犯人を逮捕してくださいよ。ついでにPRさせてもらっちゃうわ。共同経営してるスナックは『オアシス』っていうの。南口の加茂《かも》ビルの四階にあるんですよ。気が向いたら、覗《のぞ》いてみて」

千穂が色目を使い、ドアを閉めた。

浅倉たちはワンルームマンションの外に出た。

「カローラの中にいたという二人の男は何者なんですかね」

玲奈が言って、『若宮コーポラス』を振り返った。防犯カメラは設置されていない。

浅倉は周辺を見回した。残念ながら、どこにも防犯カメラは見当たらない。

「さっきの情報だけでは、不審な二人組の割り出しは難しいな」

「でしょうね」

「近所を聞き込みに回っても、有力な手がかりは得られそうもないだろう。蓮見、西新宿にある『東京青年ユニオン』に行ってみよう」

「はい」

玲奈が、近くに駐《と》めてある黒いスカイラインに駆け寄った。

武装捜査班には、スカイラインと灰色のエルグランドが貸与されている。きょうは宮内・乾コンビがエルグランドを使っていた。メンバーは時と場合によって、組む相手を替えている。

何日も同じ相棒と行動することは、めったにない。二台の捜査車輛の使用者も決まっているわけではなかった。

浅倉はスカイラインの助手席に乗り込んだ。玲奈はエンジンを始動させ、待機していた。

運転役も別に定まっているわけではない。職階の低い者がハンドルを握ることが多かった。といっても、時には浅倉もスカイラインやエルグランドを転がしている。

「『東京青年ユニオン』に向かいます」

玲奈が覆面パトカーを走らせはじめた。大和町《やまとちょう》を抜けて、早稲田《わせだ》通りに出る。

大和陸橋を通過すると、前方右手に東京警察病院が見えてきた。その隣に野方署がある。

「他殺説を譲らなかった野方署のベテラン刑事に会ってみたい気がしますけど、そんなことをしたら……」

「おれたちの隠れ捜査がバレちまうよ」

「ええ、そうですね。野方署で強行犯係を長くやってたベテラン捜査員の勘《かん》は鋭いな。初動捜査で多くの者が、他殺に見せかけた自殺だと判断したのに……」

「刑事の勘が働いたことは間違いないだろうが、老練刑事は論理的な推理をしたんだと思うよ」

「そうなんでしょうね。わたし、見習いたいわ」

「蓮見は科学捜査を勉強してきたんだから、勘が鋭くなったら、鬼に金棒だろう」

「わたしを持ち上げたのは、何か下心があるんでしょ？　ワンナイトラブを娯《たの》しみすぎて、遊ぶお金が足りなくなったんじゃありませんか。十万か二十万なら、お貸ししてもいいですよ」

「部下に遊ぶ金を借りるほど落ちぶれちゃいない」

「冗談を言ったつもりだったんですけどね」

玲奈が困惑顔で呟《つぶや》き、運転に専念しはじめた。浅倉は、きまり悪かった。玲奈の言葉をつい真《ま》に受けてしまったのだ。

十数分後、西新宿七丁目の裏通りにある『東京青年ユニオン』に到着した。事務局は古ぼけた雑居ビルの五階にあるはずだ。

捜査資料によれば、『東京青年ユニオン』は中小企業の労働組合のカンパで支えられている労働者支援組織だ。非営利団体で、特定の政党とは結びついていないらしい。

事務局長を務める長坂は超有名大学を卒業し、大手化学メーカーに就職した。順調に出世街道を歩んでいたのだが、親しくしていた同期の男が労働組合の活動に熱心だったことで左遷《させん》された。

そのことに義憤《ぎふん》を覚えた長坂は、労務担当の役員に同期の人事異動を撤回するよう直談《じかだん》判《ぱん》した。そのことで長坂は会社から疎《うと》まれ、出世の途《みち》を絶たれた。会社の体質に絶望したのか、十年前に依願退職した。

その数カ月後、妻と離婚している。夫婦に子供はいなかった。独身になった長坂は一年ほど派遣社員として物流会社で働き、『東京青年ユニオン』の事務局長の座に就いた。

以来、不当解雇された労働者たちを支援しているようだ。エリートコースから外されたことで、すっかり人生観が変わったのだろう。

雑居ビルの近くの路上にスカイラインを駐め、浅倉・蓮見ペアはエレベーターに乗り込んだ。五階でケージから出る。

『東京青年ユニオン』は、エレベーターホールの近くにあった。

玲奈がノックした。ややあって、五十代後半の眼鏡《めがね》をかけた細身の女性が現われた。

浅倉は素姓《すじょう》を明かし、来訪の目的を告げた。ペアは事務局に通された。

長坂は布張りの長椅子に腰かけて、何か書類に目を通していた。スチールの事務机が二卓あるだけで、スタッフも二人きりだった。

「ご苦労さまです。捜査には全面的に協力させてもらいますよ」

長坂が長椅子から立ち上がり、如才《じょさい》なく言った。浅倉と玲奈は、それぞれ姓を名乗った。

「片瀬《かたせ》さん、日本茶を淹《い》れてもらえますか」

長坂がスタッフに遠慮がちに頼み、来訪者をソファに坐らせた。それから、長椅子の中央に腰かけた。

「わたしたち二人は、捜査本部の支援要員なんですよ。野方署に詰めてる者たちを刺激したくないので、再聞き込みに回ってることは内分《ないぶん》に願いますね」

浅倉は本題に入った。

「わかりました。どこから再聞き込みをされたんでしょう?」

「こちらに伺《うかが》う前に『若宮コーポラス』に行ってきました。しかし、在宅の入居者が少なかったんですよ。新たな情報は得られませんでした」

「それは残念ですね。確証があるわけではありませんが、山中君の事件には『くつろぎ亭』の運営会社、つまり『くつろぎ商事』が深く関与してる疑いは拭えません」

「そうなんでしょうか」

「『くつろぎ亭』を全国展開してる運営会社は、ブラック企業そのものですよ。二十代の正社員を店長に抜擢してるんで、五、六年前までは応募する若者が多かったんです。しかし、店長とは名ばかりで扱《こ》き使って、社員を大事にしてないんですよ」

長坂が上体を少し反《そ》らし、額にかかった半白の前髪を搔《か》き上げた。そのとき、片瀬と呼ばれた職員が三人分の緑茶を運んできた。

「すみませんね」

長坂が片瀬を犒《ねぎら》った。浅倉たち二人も恐縮し、片瀬に礼を述《の》べた。片瀬が小さくほほえみ、自席に着いた。

「山中君は真面目で責任感が強かったので、一日十九時間も働いてたんです。もちろん、休憩しながらですがね。それでも、ハードワークです。休みは月に一度しかなかったんですから、起きてる間は働いていたわけですよ」

「そうだったようですね」

「死にもの狂いで働いても、目標売上額に達しないときもありました。すると、たちまち運営会社から呼び出しがかかって、『努力が足りないっ』と叱りつけられたそうです。身も心もくたびれて、彼は軽度のうつ病になってしまった。それでも、運営会社は山中君を休ませようとしませんでした」

「山中さんはオーバーワークに耐えられなくなって、本部会社にスタッフの増員をお願いに行ったんですね？」

玲奈が話に加わった。

「そうなんですよ。ですが、労務担当の原利夫専務はまるで取り合ってくれなかった。それどころか、仕事に不満があるんだったら、さっさと辞表を書けとうそぶいたらしいんですよ」

「それはひどいな」

「運営会社は、社員やアルバイトを使い捨てにすればいいと考えてるんでしょう。一年半の間に三人の若い店長が過労死してるのに、まるで反省してない。労災と認めて、過労死した店長の遺族に謝罪すべきなのに、それさえしていません。『くつろぎ商事』の役員たちは、どいつも金の亡者《もうじゃ》ですよ。人間らしさの欠片《かけら》も持ち合わせてないな」

「そうした経緯があって、山中さんは『東京青年ユニオン』に相談することになったんですね？」

「ええ、そうです。わたしは山中君に同調する十一人の別のチェーン店の店長を引き連れて、運営会社に押しかけたんですよ。社長、副社長、専務、常務といった役員たちは面会に応じようともしませんでした」

長坂が腹立たしげに言って、日本茶を啜《すす》った。浅倉は短い沈黙を破った。

「会社側の代弁者として、樋口泰広顧問弁護士が出てきたようですね？」

「そうなんです。拡声器《ラウドスピーカー》の音と業務を妨害されたという理由で、団体交渉には応じられないと弁護士は言いました。当然、わたしたちは抗議しましたよ。そうしたら、樋口は警備員を呼び寄せて自分をガードさせ、会社の建物に逃げ込んだんです。法律家のくせに、卑怯《ひきょう》な奴だ」

「何か対抗策は練ったんでしょ？」

「別の支援労働者団体の力を借りて、もう一度『くつろぎ商事』を揺さぶってみる段取りが整う前に山中君は殺害されてしまったんです。その前に、彼とわたしに魔手が迫ってきました。幸いにも、どちらも怪我はしませんでしたけど。流れから察して、運営会社が犯罪のプロに山中君を葬《ほうむ》らせたんでしょうね。そうとしか考えられません」

「確かに『くつろぎ商事』の経営陣は疑わしいですよね。しかし、被害者はスタッフの増員を原利夫専務に直訴《じきそ》しただけなんでしょ？」

「そうですが、『東京青年ユニオン』が別の支援労働者団体と力を併《あわ》せれば、会社側には大きな脅威になるでしょう」

「ええ、それはそうでしょうね」

「チェーン店の三人の店長が一年半の間に過労死して、山中君がオーバーワークの実態を暴露したら、会社の業績は悪化するはずです」

「そうなるだろうな。だからといって、第三者に被害者を片づけさせるでしょうか」

「山中君を抹殺《まっさつ》する気になると思いますよ。利益の追求だけを考えてる会社にとって、年商がダウンすることは絶対に避けたいはずですのでね」

「被害者は、都労委か東京地検刑事部告発係にブラック企業の実態をリークするつもりでいたんじゃないのかな。そういう様子はうかがえませんでした？」

「そういう気配は感じ取れなかったな。ただ、最終的にはマスコミの力を借りてでも『くつろぎ商事』と闘《たたか》う気はあると洩らしてましたよ。山中君は間接的なルートを使って、新聞社かテレビ局関係者と接触することができたんだろうか。あるいは、硬派のフリージャーナリストとコンタクトを取ることに成功したのかもしれないな」

「その可能性はゼロじゃないでしょうね」

「山中君は水面下の動きをわたしには教えてくれませんでしたが、そうなのかもしれませんよ。『くつろぎ商事』が山中君のそうした動きを何らかの形でキャッチして、誰かに彼の口を永久に塞《ふさ》がせたんじゃないのかな。ええ、そうなんでしょう！」

長坂が膝を打った。

「被害者と長坂さんは『くつろぎ商事』に談判に出かけた数日後、別々に暴漢に襲われたんでしたね？」

「ええ。先に山中君が帰宅途中にニット帽を被った若い男に鉄パイプでいきなり殴打《おうだ》されそうになったんですよ。とっさに彼は民家の庭先に逃げ込んだんで、難を逃れることができました」

「長坂さんは、どんな奴に狙われたんです？」

「夜道を歩いてたら、脇道から黒いフルフェイスのヘルメットを被《かぶ》った男が金属バットを振り翳《かざ》して突進してきたんです。わたしは身に危険を感じたんで、明るい表通りまで懸命に走りました。その男は表通りの近くまで追ってきたんですが、裏通りに消えました。あのときは、生きた心地がしませんでした」

「そうでしょうね。暴漢は同一人なんだろうか」

「山中君に襲撃者のことを教えてもらったんですが、どうも別人のようでした。おそらく二人は、『くつろぎ商事』に雇われたチンピラか半グレなんでしょう」

「そうなんですかね」

浅倉は湯呑《の》み茶碗を摑《つか》み上げ、日本茶で喉《のど》を潤《うるお》した。長坂の証言は、事件調書と同じだった。玲奈が口を開く。

「山中さんは一年ほど前に交際してた香月理恵という女性に一方的に去られてしまったようなんですけど、そのことはご存じでした？」

「その話は本人から聞きました。山中君はその彼女に未練があったんで、やり直したいとメールで何回も訴えたようですね。しかし、相手からは返信がなかったという話だったな」

「捜査本部の調べで、山中さんが香月理恵さんにストーカーのようにつきまとってた時期があったことが明らかになりました」

「会社が店長を働かせすぎたんで、デートをする時間もなかったんだろうな。だから、交際相手に別れ話を切り出されたのでしょう。悪いのは本部会社ですよ。交際相手と週に一度ぐらいデートできてれば、山中君はストーカーじみたことをしなくても済んだにちがいない」

「そうかもしれませんね。山中さんは別れた彼女の新しい交際相手にぶん殴られたようです」

「そんなことがあったんですか⁉　それは知らなかったな」

「山中さんの顔面にパンチを浴びせたのは田浦拓海という三十歳の男です。その彼は香月理恵さんと山中さんの職場に乗り込んで、店の外で暴力を振るったようです」

「その男女も怪しいといえば、怪しいですね。運営会社が誰かに山中君を殺《や》らせてないとしたら、元交際相手と新しい彼氏が共謀して……」

「被害者を亡き者にしたとお疑いになったんでしょうが、その二人のアリバイは立証されています」

「それなら、実行犯じゃないですね。ただ、二人がつるんでネットの裏サイトで実行犯を見つけて、山中君を片づけさせたとも考えられるでしょ？」

「ええ、まあ」

「とにかく、一日も早く犯人を突きとめてほしいな。そうしてもらわないと、山中君はいつまでも成仏《じょうぶつ》できないでしょう」

長坂が言って、残りの茶を飲んだ。

それを汐《しお》に浅倉たちは『東京青年ユニオン』を辞去し、エレベーターに乗り込んだ。

第二章 内部告発の気配

1

助手席に乗り込んだ直後だった。

浅倉の懐で刑事用携帯電話《ポリスモード》が鳴った。発信者は元SPの宮内だった。

運転席の玲奈がシフトレバーに片手を掛けたまま、動きを止める。『東京青年ユニオン』を辞したのは数分前だ。

「ご苦労さん！　被害者《マルガイ》の母親には会えたのか？」

浅倉は先に言葉を発した。

「はい。てっきりパート先のスーパーにいると思ってたんですが、山中敏子《としこ》は三鷹《みたか》市下連雀《しもれんじゃく》の自宅にいました。ひとり息子の死がショックだったんでしょう、パートの仕事は休みがちみたいですね」

「とても働く気になれないんだろうな。被害者《マルガイ》のおふくろさんは、面《おも》やつれしてたんじゃないか？」

「ええ。まだ五十七歳のはずですが、老女じみて見えました。ショックが尾を曳《ひ》いて、まだ悲しみに打ちひしがれてるんでしょう。再聞き込みをさせてもらうのが辛《つら》かったですよ」

「そうだろうな。で、何か新たな手がかりは摑めたのか？」

「ええ、少し。山中敏子の証言で、被害者が『毎朝《まいちょう》日報』社会部に実名で、内部告発の手紙をおよそ半年前に速達で送ったことがわかりました。しかし、新聞社からは何も連絡がなかったそうなんですよ」

「内部告発したことは事実なのか？」

「乾君が裏付《ウラ》けを取りました。社会部のデスクは山中啓太の内部告発の手紙を読んだことを認めたそうですが、すぐに取材する余裕がないんで……」

「放《ほ》ったらかしにしてたんだな」

「そうみたいですね」

「『くつろぎ亭』の店長が三人も過労死してるというのに、ブラック企業の告発キャンペーンを張ろうとしなかったのは妙だな。『くつろぎ商事』が『毎朝日報』に圧力をかけたんだろうか」

「リーダー、それはないと思います。『くつろぎ亭』の広告が『毎朝日報』に載ったことはないはずですので」

「広告スポンサーでなくても、新聞社に圧力をかけることはできるだろう。主要マスコミだって、まったく弱みがないわけじゃないからな」

「ええ、そうですね。『毎朝日報』は最近、大きな誤報をしてますし、不正販売拡張で謝罪したこともあります」

「そうだったな。表沙汰《おもてざた》になってない企業不正や役員たちの女性スキャンダルは弱みになるだろう」

「『くつろぎ商事』が山中啓太の内部告発を察知して、ブラックジャーナリストか企業恐喝屋《きようかつ》に『毎朝日報』の不正やスキャンダルを探《さぐ》らせて、ブラック企業の告発キャンペーンを阻止したんでしょうか？」

「そう疑えないこともないな。しかし、『毎朝日報』が外部の圧力に屈したとしても、それを認めることはないんじゃないか」

「でしょうね」

宮内が相槌《あいづち》を打った。

「それから、新聞社が内部告発者を誰かに片づけさせたとは考えにくいな」

「ええ、そうですね。『くつろぎ亭』の運営会社が犯罪のプロを雇《やと》って、山中啓太を始末させたんでしょうか」

「まだ何とも言えないな。宮内、被害者《マルガイ》は『毎朝日報』が力になってくれないんで、内部告発は諦《あきら》めてしまったんだろうか」

「いいえ、諦めてはいなかったようです。おふくろさんの話によると、硬派のフリージャーナリストに手紙で協力を求めるつもりだと被害者は言ってたらしいんです」

「フリージャーナリストの名を挙《あ》げてたのかな？」

「そこまでは言ってなかったそうです。ただ、社会派ジャーナリストとして知られてるのは十数人でしょうから、被害者から協力を求められたかどうかを探《さぐ》り出すのはたやすいことだと思います」

「そうだろうな。乾と手分けして、社会派ジャーナリストに片っ端から電話をしてみてくれないか」

「わかりました」

「被害者《マルガイ》の母親は、息子が元交際相手の香月理恵とよりを戻したがってたことを知ってたのか？」

「おふくろさんは、そのことを知ってましたよ。山中は理恵と結婚したいと考えてたらしく、なかなか未練を断ち切れなかったんでしょうね。理恵に去られたことを母親に打ち明けて、やり直したいと言ってたそうです」

「おふくろさんは息子に何かアドバイスしたんだろうか」

「ろくにデートもできない男といつまでも関わっていたら、女は婚期を逸《いっ》してしまう。香月理恵が一方的に去った気持ちはわかると息子に言って、転職を勧《すす》めたんだそうです」

「で、山中はどう反応したんだろう?」

浅倉は訊《き》いた。

「ハードワークは辛《つら》いが、大学を出てない自分が店長になれるのは飲食関係の仕事しかない。だから、運営会社に労働条件を改善してもらって、いまの仕事をつづけるほかないと繰り返したそうです。理恵には自分の熱い想いを伝えて、新しい彼氏とは早く手を切ってくれと頼むつもりだと言ってたらしいんですよ」

「そうか。しかし、もう香月理恵の心は田浦拓海に移ってる。だから、二人は被害者《マルガイ》の職場に乗り込んで……」

「田浦は、理恵にしつこくまつわりつく山中をぶん殴ったわけです」

「短気なんだろう。田浦は不動産会社の営業マンをやってた四年前、酒場で近くの客に声がでかすぎると注意されたことに腹を立て、相手を店の外に連れ出してパンチを喰《く》らわせてる。書類送検されたが、不起訴処分になってるはずだ」

「捜査資料にそんな記述がありました?」

「あったよ、わずか数行だったがな」

「データの読み込みが甘かったな。その記述は読み落としてました」

「そうか」

「ただ、捜査本部が田浦の趣味がナイフのハンドメイドだということで、同じ趣味を持つ知人たちを調べた事実ははっきりと憶《おぼ》えてますけどね。田浦のアリバイは立証されてますから、この事件の実行犯ではあり得ません」

「そう考えるのは早計だろう。同じ趣味を持つ人間に理恵の元交際相手を殺《や》らせたと疑えないこともない」

「あっ、そうですね」

「香月理恵は、渋谷《しぶや》にあるネット通販会社で電話オペレーターをやってるんだったな」

「ええ、そうです。田浦拓海は現在、五反田《ごたんだ》の中古車販売会社で働いてます」

「そうだったな。おまえと乾は、まず被害者が社会派ジャーナリストに手紙を出したかどうか確認してくれないか」

「了解しました」

「山中がフリージャーナリストの誰にも協力を求めてなかったら、香月理恵にそれとなく探《さぐ》りを入れてみてくれ。被害者《マルガイ》の元交際相手が何か隠してるようだと感じたら、次は田浦を揺さぶってみてくれ」

「わかりました」

「ナイフ好きなら、ふだんも刃物を持ち歩いてるかもしれないな。そうだったら、銃刀法違反を切札にできるじゃないか。場合によっては、反則技を使ってもかまわない」

「わかりました。そちらのペアは何か収穫がありました？」

宮内が訊いた。浅倉は経過を手短に伝えた。

「長坂事務局長は、『くつろぎ商事』が殺し屋《プロ》に山中啓太を消させたと思ってるようですね？」

「そうみたいだったな。それなりの根拠はあるんだが、状況証拠だけでは仕方がない。推測の域を出てないんじゃ、落着には繋《つな》がらないじゃないか」

「そうですね」

「これから蓮見と飯田橋にある『くつろぎ商事』の本社に行って、原専務に探りを入れてみるよ」

「そうですか、また、報告を上げます」

宮内が電話を切った。浅倉はポリスモードを懐に収め、玲奈に宮内との通話内容を話した。

「宮内さん、どうしちゃったのかな。いつもはじっくり捜査資料を読み込んでるのに、検挙歴の記述を見落とすなんて。来月の挙式のことで、頭が一杯なんでしょうか」

「そうなのかもしれないな」

「ジューンブライドか。素敵だな。花嫁さんはモデル並の美女なんでしょ？」

「そうだが、蓮見よりは少し見劣《みおと》りがするな。いま言ったことは、宮内には内緒だぞ。あいつは美人インストラクターにぞっこんだから、おれが新婦になる女性を蓮見よりも少し見劣りがすると言ったことがバレたら、暴発を装って頭を撃ち抜かれそうだからな」

「まさか⁉」

玲奈が笑った。

「もちろん、冗談だよ。蓮見はどうなんだ？　近いうちにウエディングドレスを着る予定は？」

「当分、ありません」

「化学技官はプロポーズしてくれないのか？」

「プロポーズはされましたよ、一年前に。でも、返事は待ってもらってます」

「一年も返事を延ばしてるのか⁉」

「ええ」

「罪な女だな。別の男に気が移りかけてるのかな？」

「わたし、そんな多情じゃありません。リーダーとは違います」

「おれのことは横に措《お》いといてくれ」

「彼の本心は、わたしに専業主婦になってほしいんですよ。それを口にしたことは一度もありませんけどね」

「蓮見は仕事を辞めたくないんだな?」

浅倉は確かめた。

「ええ。いまの仕事はスリリングで、すごく愉《たの》しいんです。わたしは器用じゃないので、共働きは無理だと思います。仕事と家事を両立させられっこないから、まだ結婚する気持ちになれないんですよ」

「そうか。でも、そろそろ返事をしてやらないとな」

「ええ、そうですね。専業主婦になる決意ができなかったら、彼とは別れることになるかもしれません」

「困ったな。彼が蓮見をかけがえのない女と思ってるんだったら、共働きも許してくれるだろう。少しばかり家事を手抜きして、なんとか両立させろよ」

「わたし、どちらも手を抜きたくないんですよ。だから、彼とは別れるような予感を覚えてるんです」

「なんとかならないのか。人生に妥協《だきょう》はつきものだぜ」

「リーダー、悩ませないでください。彼と駄目になったとしても、わたし、捨て鉢《ばち》にはなりません。自分のスタンスで、ちゃんと生きていきます」

「女は勁《つよ》いね」

「ええ。男性よりも逞《たくま》しいから、どうかご心配なく！」

玲奈がことさら明るく言って、スカイラインを発進させた。紅一点の部下は結婚問題でかなり悩んだのだろう。

しかし、自分は何も力になってやることができない。浅倉は腑甲斐《ふがい》なさを感じたが、第三者が口を挟む事柄ではないだろう。そっと成り行きを見守るほかない。

『くつろぎ亭』の運営会社の持ちビルを探し当てたのは二十数分後だった。

玲奈が運営会社の植え込みに車を寄せた。浅倉たちペアは一階の受付カウンターで刑事であることを告げ、原専務との面会を求めた。
二十二、三歳の受付嬢が内線電話で、専務に連絡をとった。遣《や》り取《と》りは短かった。
「お目にかかるそうです。専務室は七階にございますので、どうぞ奥のエレベーターをお使いください」

「ありがとう」

浅倉は受付嬢に謝意を表し、相棒とエレベーター乗り場に向かった。

運営会社の自社ビルは八階建てだが、内装には大理石《だいりせき》がふんだんに使われていた。通路の壁には、著名な洋画家の油彩画が飾られている。まさか複製画ではないだろう。

中庭《パティオ》があり、モダンなオブジェが置かれている。若い従業員たちを安く使い、大きな利益を得て自社ビルを建てたにちがいない。

創業者は調理師で、一代でのし上がった。商才はあったのかもしれないが、若い人材を使い捨てにしながら、会社を急成長させたのではないか。

浅倉・蓮見ペアは七階に上がった。

専務室は奥まった場所にあった。手前は常務室だった。社長室と副社長室は、最上階にある。

浅倉は専務室のドアをノックし、大声で名乗った。

「どうぞお入りください」

すぐに応答があった。原専務の声だろう。

浅倉たちは入室した。原はパターの練習をしていた。

自己紹介が終わると、二人はソファセットに落ち着いた。浅倉は相棒と並んで腰かけた。原専務は、浅倉の正面のソファに坐った。

五十一歳のはずだが、四十代半《なか》ばにしか見えない。豊かな毛髪は黒々としている。血色もよかった。あまり苦労はしてこなかったようだ。

「元社員のことで、警察の方たちにはお世話になっています。殺害された山中啓太は大変な働き者でした。故人に任《まか》せていた野方店はずっと黒字でしたよ」

「どのチェーン店の店長もそうだと思いますが、被害者は一日十九時間も働かされてたようですから、それなりに売上を伸ばすことができたんでしょう」

浅倉は言った。原専務が顔をしかめる。

「なんだか棘《とげ》のある言い方だな。一部のマスコミが当社のことをブラック企業として取り上げてましたが、記事の内容はでたらめなんです。各店の店長には月の売上目標額を下回らないよう最大の努力をするよう指導していましたが、一日十九時間も働かせてなんかいませんよ。店長以外は正社員ではありませんが、店舗の広さに応じてアルバイトの従業員をちゃんと配してます。山中も一日の労働時間は、せいぜい九時間か十時間でした。店長手当が月に一万二千円付くんですから、その程度の残業はしてもらわないと……」

「店長が過重労働を強《し》いられたことはなかったとおっしゃりたいんですね？」

「事実、どの店の店長にもオーバーワークを強要したことはありません」

「しかし、目標売上額に達しなかったときは店長を運営会社に呼びつけて、たるんでるぞと叱責《しっせき》してたんでしょ？」

「叱責ではなく、指導ですよ。店長としての自覚があれば、おのずと営業成績は上がると教えてやってるんです。山中も自分の努力が足りなかったと素直に認め、進んで食器洗いと店内清掃を買って出てくれました。会社がアルバイトの人数を減らしたことはありません」

「専務はそうおっしゃるが、一年半の間に『くつろぎ亭』の店長が三人も過労死してるんですよ」

「一部のマスコミが過労死と極《き》めつけましたが、急死した三人の店長は仕事が終わってから、よく飲み歩いてたんです。それで、寿命を縮めたんでしょう。ええ、そうですよ」

「山中啓太さんが過労で、うつ病を発症したことはこれまでの調べではっきりしています」

「そう診断されたそうですが、果たしてそうだったのか。誤診とも考えられますね。山中の労働量では、過労とは言えないと顧問弁護士の樋口先生の調べで明らかになってるんですから」

「山中さんのタイムカードは保存してありますでしょ？」

玲奈が話に割り込んだ。

「保管してありますが、タイムカードを見ても意味ありませんよ。店長には残業手当が付かないんですのでね」

「そうなんですか」

「山中はアルバイトだけに店を任せておくのが心配で、閉店まで職場にいたことも何日かあったと思います。ですけど、もちろん会社が強《し》いたわけではありません」

「山中さんは慢性的なスタッフ不足なので、長いこと働かざるを得なかったんじゃありませんか。さすがにオーバーワークに耐えられなくなったんで、運営会社にスタッフ増員を願い出たわけでしょ？」

「山中はアルバイトたちの使い方が下手だったんですよ。彼らを甘やかしてるから、各自がノルマを果たせなかったんです。それをカバーするため、山中は余計な労力を使ってたんでしょう。要するに、彼に管理能力がなかったわけです。だから、わたしは山中の甘さを窘《たしな》めてやったんですよ」

「聞く耳を持たなかったのではありませんか？」

「失礼な物言《ものい》いだな。わたしは山中が必ず奮起してスタッフの無駄《ロス》をなくしてくれると期待してたんですよ。それなのに、あの男は労働者支援組織の力を借りて、団体交渉に応じろと迫ったんです」

「その流れは知っています」

「ああ、そうだろうね。こちらとしては、飼い犬に手を咬《か》まれたような気持ちでしたよ。だから、会社も態度を硬化させることになったんです。当然のことでしょうが！」

「ストレートに訊きます。会社側は、山中さんがオーバーワークの件を内部告発する気でいたことを知ってたんではありませんか？」

「えっ、山中はそんなことを企《たくら》んでたの⁉」

原が驚きの声をあげた。

浅倉は、原専務の顔をよく見た。演技をしているようには見えなかったが、巧《たく》みに空とぼけたのか。そう思えないこともない。

「山中さんは、過労死した三人の店長のことも含めて『くつろぎ亭』の正社員たちが過重労働で心身がボロボロになった実態を内部告発したようなんですよ。協力を求めた全国紙の名は挙げられませんけど、思い当たることがあるんでは？」

「当社がマスコミに圧力をかけたと疑ってるのかっ。会社にそんな力はないし、そうした手を使う必要もない。ブラック企業の存在は否定しませんよ。だがね、『くつろぎ商事』は断じてブラック企業なんかじゃない」

「でも、ブラック企業と断じたマスコミもありました。根も葉もないことを記事にしたら、裁判沙汰《ざた》になりますでしょ？」

「当社をブラック企業呼ばわりした『週刊トピックス』を名誉毀損《きそん》で告訴するよう顧問弁護士に頼んであるんだ」

「そうですか。裁判の結果はともかく、山中さんの事件に『くつろぎ商事』の関係者は誰も関わってないんですね？」

「当たり前じゃないか。きみらは無礼だぞ」

「気を悪くされたでしょうが、なんでも疑ってみるのが刑事の仕事なんですよ」

浅倉は言い訳した。

「それにしても、不愉快だな」

「この会社の関係者を怪しんだ理由《わけ》があるんですよ」

「どんな理由があると言うんだっ」

「山中さんが『東京青年ユニオン』の支援を受けて、会社に団体交渉の申し入れをしましたよね？」

「ああ」

「話が決裂した数日後、山中さんと『東京青年ユニオン』の長坂事務局長はそれぞれ魔手に脅《おびや》かされました。二人とも幸いにも難を逃れることができたのですが、襲撃されたタイミングを考えると……」

「当社を怪しみたくなるだろうが、その件にも我が社の関係者は一切《いっさい》関わってない。本当だよ」

「そうですか」

「山中はつき合ってた女性にフラれてからも、執拗《しつよう》によりを戻したがっていたようだと野方署の捜査員が言ってた。それだから、かつての交際相手が誰か知り合いに殺させたんじゃないのかね。別れた彼女には新しい彼氏ができたという話だったから、その男がダガーナイフで山中を刺し殺したんじゃないの？」

「その彼氏には、アリバイがあるんですよ」

「だったら、そいつが誰かに山中を永久に眠らせたのかもしれないぞ。うん、そうなんだろうな。いまの若い奴は頭に血がのぼると、大胆なことをやるからね」

「そういう傾向はありますが……」

「うちの会社の関係者を洗い直したって、税金の無駄遣《づか》いだよ。悪いが、もう引き取ってもらえないか」

原専務が硬い表情で言い、すっくと立ち上がった。

浅倉は苦笑して、玲奈の肩を叩いた。二人は、ほぼ同時にソファから腰を浮かせた。

2

表に出る。

覆面パトカーに足を向けながら、相棒が口を開いた。

「原専務は会社側に非はなかったと繰り返してましたけど、必死に何かを隠そうとしてるように感じました。リーダーはどう思われました？」

「後ろめたさがあるんで、原は終始、会社側を庇《かば》ったんだろうな」

「ということは、『くつろぎ商事』が誰かに山中啓太を殺害させたんでしょうか」

「蓮見、せっかちになるな。心証は灰色だが、まだクロと言える材料を摑《つか》んだわけじゃないんだ」

浅倉は忠告した。

「そうですけど、チェーン店の店長が三人も一年半の間に過労死してるんですよ。亡くなった方たちがオーバーワークを会社に強《し》いられたことを山中啓太が内部告発したら、『くつろぎ商事』は間違いなくブラック企業だと判定されますよね？」

「そうだな。企業イメージは悪くなって、売上高もかなり下がるだろう」

「会社はそれを恐れて、山中の内部告発を阻《はば》んだんじゃないのかしら？」

「『くつろぎ商事』が犯罪のプロを雇《やと》った疑いは拭《ぬぐ》えないが、結論を急ぐのはよくない。顧問弁護士にも探りを入れてみよう。樋口法律事務所は銀座《ぎんざ》二丁目にあるんだったな」

「ええ、そうです。確か明和《めいわ》ビルの二階に事務所を構えてるはずです。捜査資料によると、樋口弁護士はヤメ検ですよね？」

「そうだな。十二年前まで東京地検刑事部の検事だったようだ」

「東京地検特捜部にいた検事たちは、だいたい大企業の顧問弁護士になってますでしょ？」

「エリート検事だった彼らは、検察庁や警察に太いパイプを持ってるからな。だから、大会社は年間五千万から一億の顧問料を払って元特捜部検事を抱《かか》えてる。それだけ価値があるんだろう」

「そうなんだと思います。でも、そういう弁護士はごく一握りらしいですよ」

「だろうな。現在、およそ四万二千人の弁護士がいて平均年収は約一千万らしいが、若手だと六百数十万円と言われてる。ヤメ検弁護士は揃《そろ》って億単位の年収を得てるにちがいない。国際弁護士になると、年に十数億円も稼《かせ》いでるようだ」

「同じ弁護士でも、父とは大違いだわ。樋口弁護士は特捜部出身ではありませんけど、花形の刑事部にいたのに、なぜか東証《とうしょう》一部や大証《だいしょう》一部の大企業の顧問はやっていません。東証二部や新興企業と顧問契約を結んでるだけなんです」

「そういえば、そうだな」

「東京地検刑事部出身のヤメ検の多くは、大企業の顧問なんかに就《つ》いてますでしょ？　樋口弁護士は私生活に乱れがあるんですかね？　それとも、身内に前科歴のある人間がいるのかな。それで、超一流企業の顧問弁護士になれないんでしょうか？」

「何かありそうだな。そのへんも探ってみよう」

「はい」

玲奈がスカイラインのドアを開け、運転席に乗り込んだ。少し遅れて、浅倉も助手席に坐った。

そのすぐ後、乾から浅倉に電話がかかってきた。

「宮内さんの代わりに報告するっすね。山中が協力を求めた硬派の社会派ジャーナリストがわかったすよ」

「そうか。誰だったんだ？」

「リーダーは垂水《たるみ》恭平《きようへい》をご存じっすよね？」

「知ってるよ。新聞記者出身のノンフィクション・ライターで、五十歳前後だよな？」

「ちょうど満五十歳っす。垂水は社会派ジャーナリストとして、著書も四十数冊あります。総合月刊誌にちょくちょく寄稿して、テレビのコメンテーターとしても知られてる」

「そうだな。で、垂水恭平は山中に協力を求められたことを認めたのか？」

浅倉は問いかけた。

「ええ。自分が垂水に電話したんっすよ。垂水は山中から『くつろぎ亭』の店長たちが過酷な労働条件で扱き使われてることを聞いて、ブラック企業の告発に全面的に協力すると約束したそうっす」

「それはいつのことなんだ？」

「今年の二月中旬のことだそうっす。山中は『毎朝日報』が力になってくれなさそうなんで、垂水恭平の連絡先を雑誌社で教えてもらって電話をしたらしいんすよ。その数日後、山中は垂水に会いに行ったそうっす」

「それで、垂水はすぐに『くつろぎ亭』の正社員やアルバイトに会いに行ったんだろうか」

「いや、急ぎの仕事があったみたいなんすよ。それだから、すぐには取材に取りかかれなかったそうなんす。それで三月に入ってから、都内のチェーン店十五店の店長に会ったらしいっすよ。バイトの連中からも話を聞いて、山中の内部告発に力を貸す気持ちを固めたそうっす」

「そう。垂水恭平は、過労死した三人の店長の関係者にも会ったんだろうか」

「ええ、取材したと言ってました。それで、山中は本部会社に抹殺されたと確信を深めたと言ってたっす」

「そうか。垂水はすぐに聞き込みに協力をしてくれるって？」

「夕方五時に、ある月刊誌の原稿を担当編集者が自宅兼仕事場に取りに来ることになってるから、その後なら……」

「訪ねてもいいと言ったんだな？」

「そうっす。おれたちが垂水恭平に会うよりも、リーダーたちが訪ねたほうがいいんじゃないかと思ったんすよ。垂水の証言は有力な手がかりになりそうなんでね。宮内さんも、そうしてもらったほうがいいと言ったんで、リーダーに電話してみたわけっす」

「わかった。垂水には、おれと蓮見が会うことにしよう。おまえと宮内は、香月理恵と田浦拓海に探りを入れてみてくれ」

「了解っす」

「垂水恭平の自宅兼仕事場を教えてくれ」

「文京区《ぶんきょう》本駒込《ほんこまごめ》五丁目十×番地っす。戸建て住宅で、六義園《りくぎえん》の近くだそうっす。何年か前に親の家を相続したとか言ってたな」

「そう。さっき『くつろぎ商事』の原専務と別れたばかりなんだ」

「会社側の心証はどうでした？」

乾が問いかけてきた。

「グレイだな」

「垂水恭平も『くつろぎ商事』を怪しんでたから、今回の事件《ヤマ》はいつもより早く片がつきそうな感じっすね」

「わからないぞ。簡単な事件に思える場合こそ、複雑なからくりが絡《から》まってるもんだからな」

「そうか、そうっすよね」

「おれたちは樋口法律事務所に回るつもりだったんだが、先に垂水に会うよ。連絡をとり合おう」

浅倉は言って、電話を切った。玲奈が顔を向けてきた。

「予定変更ですね？」

「そうだ。どこかで少し時間を潰《つぶ》して、フリージャーナリストの垂水恭平の自宅兼仕事場を訪ねよう」

浅倉は、乾からの報告をつぶさに語った。

「山中啓太は新聞社の協力を得られなかったんで、気骨のあるフリージャーナリストを頼る気になったんでしょうか？」

「そうなんだろうな。垂水は社会の暗部やタブーに敢然《かんぜん》と挑《いど》んでるから、協力してもらえると思ったんだろう」

「垂水恭平は新聞記者時代に外部の圧力に屈して記事を没にした上司と大喧嘩《おおげんか》の末、フリージャーナリストに転じたようですよ。そのため、奥さんには逃げられちゃったみたい。でも、カッコいいわ。ジャーナリストが腰抜けになったら、終わりですよ。権力や権威に嚙《か》みついてこそ、存在意義があるんですから」

「その通りなんだが、命懸《が》けの仕事だよな。何年か前、垂水恭平は公共事業の談合疑惑に閣僚が絡んでる事実を暴《あば》いて、闇討ちにあったんじゃなかったか？」

「ええ、そうでしたね。ナイフで脇腹を刺されたんですよ、エレベーターに乗り込むときに。垂水恭平は全治三週間の傷を負いながらも、加害者を取っ捕まえて一一〇番したんです」

「そうだったな。垂水は肝《きも》が据《す》わってるんだろう」

「わたし、垂水恭平の著書を十冊以上は読んでるんですよ。正義を振り翳《かざ》すだけじゃなく、人間の狡《ずる》さや愚《おろ》かさを冷徹に見据えてます。社会の腐敗を招いたのは政治家や官僚ばかりではなく、国民ひとりひとりの良識と誇りが欠如しているからではないかと問題提起してました。そういう斬り口が大人のジャーナリストですよ」

「人権派弁護士の娘らしいな」

「わたしは父ほど頑固《がんこ》じゃありません。罪は罪、人は人という見方をしてますので」

「ご立派だな」

「リーダー、厭味《いやみ》に聞こえますよ」

「神経過敏《ナーヴァス》になるなって。早く車を出してくれ。それで、どこかコーヒーを飲める店に寄ってくれないか」

「わかりました」

玲奈が車を走らせはじめた。

外堀《そとぼり》通りから白山《はくさん》通りに入る。白山下交差点の手前に、駐車場のあるコーヒーショップがあった。浅倉たちは、その店でコーヒーを啜《すす》った。店を出たのは四時五十分ごろだった。覆面パトカーで目的地に向かう。

垂水の自宅兼仕事場を探し当てたのは五時十数分ごろだった。

築三十年は経《た》っていそうだが、家屋は割に大きかった。敷地は七十坪ほどだろうか。

玲奈がインターフォンを鳴らすと、垂水がポーチから現われた。インテリっぽい容貌で、目に力があった。

浅倉は警察手帳を見せ、電話をした部下に代わって来訪したことを告げた。相棒が頬を赤らめながら、自己紹介する。尊敬しているフリージャーナリストに会えたことを光栄に感じているのだろう。

「立ち話もなんだから、お入りください」

垂水がそう言い、門扉《もんぴ》を押し開けた。

浅倉たち二人は、玄関ホールに面した応接間に通された。十畳ほどの広さだった。応接ソファセットは古めかしかったが、重厚な造りだ。

「独《ひと》り暮らしなんで、お茶も差し上げられませんが……」

垂水が済まなそうに言い、来客をソファに腰かけさせた。それから彼は、浅倉と向かい合う位置に坐った。

「部下から、垂水さんが被害者の山中さんの力になろうとしてたことはお聞きしました」

「そうですか。山中君から相談を受けてすぐにブラック企業の取材に取りかかれば、こんなことにはならなかったのかもしれません。先にやらなければならない仕事があったもんですので、つい後回しになってしまいました」

「垂水さんが責任を感じることはありませんよ」

浅倉は言った。

「『くつろぎ亭』の三人の店長が相次いで過労死したことを枕にして、ブラック企業のコスト偏重を抉《えぐ》る予定で某月刊誌に書くことになってたんです。その総合誌の編集長もこちらの企画に乗ってくれてました」

「そうですか」

「しかし、取材するのが遅れてしまったので、告発ルポの発表には至らなかったわけです。わたしの記事が掲載されてたら、山中君は殺されずに済んだでしょう。捜査当局に『くつろぎ商事』は真っ先に疑われるでしょうから、下手《へた》なことはできなかったはずですよ」

「あなたは、『くつろぎ商事』の関係者が実行犯を雇って被害者を刺殺させたと考えてるんですね？」

「ええ、確証を摑んだわけではありませんがね。過労死した三人は長時間労働を強《し》いられ、アルバイト要員がグラスや皿を割ったら、五百円ずつ給料から差っ引かれてたんです。それだけじゃありません。運営会社に客からクレームが入った月は、店長手当の一万二千円は支払ってもらえなかったんです」

「そのことは知りませんでした」

「過労死した三人の店長の周辺から複数人の証言を得てますんで、それは事実でしょう。会社側は、そんなことはしてないと否定してましたがね。電話取材に応じた原という専務は嘘《うそ》をついたんでしょう」

「過労死した三人の遺族からも取材したんですよね？」

「もちろんです。遺族の方たちは、会社に身内を殺されたようなものだと憤《いきどお》ってましたよ。労災と認めないのはひどすぎると泣き崩れた故人の母親もいました」

「そうでしょうね」

「過労死した店長のひとりは、インフルエンザで高熱を出しても欠勤させてもらえなかったようです。タミフルを服《の》んで、朦朧《もうろう》とした状態で働いてたそうですよ」

「企業は社員たちに支えられて回ってるのに、なんて冷たいんでしょう」

玲奈が溜息《ためいき》をついた。

「リーマン・ショック以降、多くの企業が平気でリストラをやり、人件費の削減に腐心《ふしん》するようになった。利潤《りじゅん》を出せなければ、倒産の危機に直面します。だからといって、社員を次々に斬り捨てていいものか。問題はあるでしょう」

「その通りですね。内部留保が少なくなったら、まず役員報酬を減らし、無駄な経費を抑えるべきです。そうして、なるべくリストラはしないよう最大の努力をする。それが経営陣の基本的な姿勢であるべきだと思います」

「蓮見さんでしたっけ？　あなたは若いながら、しっかりとした考えをお持ちだな。役員たちはそう心掛けなくちゃいけないのに、多くの会社の偉いさんたちは接待交際費をふんだんに遣《つか》って、できるだけ正社員の数を減らしてる。非正規社員なら、会社の都合で再雇用を拒《こば》むことができるからね」

「しかし、派遣《はけん》社員にだって、それぞれ生活がある。企業側の都合で雇い止めにされたんじゃ、たまったもんじゃない。そんな扱いを受けたんでは、労働意欲は湧かないよね。終身雇用制にもマイナス面はあるだろうが、真面目に働いてる者にはそれなりの対価を与えるべきだよ。正社員という身分で釣って若い人材の生き血を吸ってたら、いまに罰《ばち》が当たるんじゃないかな。蓮見さんも、そう思われるでしょ？」

「ええ」

「話の腰を折るようですが、垂水さんはブラック企業の取材中に暴漢に襲われたことがありました？」

浅倉は訊《たず》ねた。

「そういうことはありませんでした」

「そうですか。被害者と『東京青年ユニオン』の長坂という事務局長は別々にですが、何者かに危害を加えられそうになったらしいんですよ」

「そのことは、山中君の口から聞きました。『くつろぎ商事』が団体交渉を拒んだ後《あと》のことですよね？」

「ええ、そうです」

「そうしたことを考え併《あわ》せると、ますます運営会社が怪しいな。山中君は勇気を出して立ち上がったんです。彼の死を無駄にしたくありません。わたしはブラック企業の裏面を暴《あば》いて、必ずペンで告発しますよ。どんな妨害があっても、怯《ひる》んだりしません」

「頼もしいな。過酷な条件で働かされている若い世代に、ぜひ希望を与えてやってください。経済優先を政府や企業が強く願うようになってから、この国の若者たちはすっかり元気を失ったように見えます」

「わたしの目にも、そう映ります。政治家、官僚、財界人は景気の回復を強く望んでますが、大事なことを忘れてる気がしますね。経済大国と呼ばれなくなってもいいじゃないですか。いまやるべきことは、格差社会の歪《ゆが》みを直すことでしょう」

「同感です」

「真っ当に働いてる者がごく平凡に暮らせる世の中が健全なんです。次世代を過労死させるような企業は、まともじゃありません。違いますか？　子供っぽい奴だと笑われるかもしれませんが、そうした常識が通る世の中に戻したいですね」

「ええ」

「素人《しろうと》が差し出がましいことを言いますが、『くつろぎ亭』の運営会社の関係者をもっとよく調べてみていただけませんか。その中に実行犯を雇った首謀者がいる気がしてるんですよ」

「ベストを尽くします。貴重なお時間を割《さ》いていただいて、ありがとうございました」

浅倉は垂水に言って、相棒を目顔で促《うなが》した。

3

尾行されているのか。

浅倉は警察車輛のミラーを仰《あお》いだ。垂水宅を後《あと》にしてから、ずっと白いアリオンが追尾《ついび》してくる。

スカイラインは銀座に向かっていた。どうも気になる。

「蓮見、次の信号を越えたら、車をガードレールに寄せてくれ」

「この車、尾行されてるんですか⁉」

玲奈が正面を向いたまま、驚きの声を洩らした。

「そう思えるんだが、まだわからない」

「垂水恭平さんの自宅兼仕事場を出てから、尾《つ》けられてたのかしら？」

「多分、そうなんだろう。一台挟んで白いアリオンが走行してるよな？」

「はい」

「気になるのは、その車なんだ。車をいったん路肩《ろかた》に寄せて、尾行されてるのかどうか確かめたいんだよ」

浅倉は言った。玲奈が無言で顎《あご》を引く。

スカイラインは交差点を通過すると、四、五十メートル先でガードレールの際《きわ》に寄せられた。アリオンの運転手がスカイラインを追尾《ついび》しているとしたら、同じように後方の路肩に寄るだろう。少し待ってみることにした。

浅倉の勘《かん》は外れた。ほどなく白いアリオンはスカイラインの脇を走り抜け、次の交差点を左折した。

浅倉はスカイラインを追い抜いたとき、アリオンのナンバープレートを見た。数字の上に〝わ〟が冠されている。レンタカーだ。

「別に尾《つ》けられてたわけじゃなかったみたいですね」

玲奈が安堵《あんど》した表情で言った。

「そうだったみたいだな。蓮見、アリオンのナンバープレートを見たか？」

「はい。レンタカーでしたね、ナンバーは頭の数字しか記憶できませんでしたけど」

「そうか。マイカーや営業車じゃなかったことが少し気になるな、おれは」

「少し様子を見てみましょうか、ここで。アリオンがこの車を尾行してたんなら、じきにこの通りに戻ってくるはずですので」

「そうするか」

浅倉は同意した。

五分ほど待ってみたが、どの脇道からもアリオンは走り出てこなかった。

「考えすぎだったようだな。手間を取らせてしまって、ごめん！　車を出してくれ」

「了解です」

玲奈がスカイラインをふたたび走らせはじめた。

夕闇が濃い。少し前に午後六時を回った。スカイラインはライトを灯《とも》し、銀座二丁目をめざした。

明和ビルに到着したのは、およそ三十分後だった。幹線道路は渋滞気味で、スムーズには走れなかった。

覆面パトカーの屋根《ルーフ》に赤色灯を載《の》せれば、もっと速《はや》く目的地に着けただろう。だが、緊急時ではない。市民には極力《きよくりよく》、迷惑をかけたくなかった。

浅倉たちペアは車を路上に駐め、明和ビルに足を踏み入れた。エレベーターで二階に上がり、樋口法律事務所に入る。居候《いそうろう》弁護士と思われる二人の男性と四人の女性事務員が自席に着いていた。左手の奥に所長室があった。

「どちらさまでしょう？」
三十五、六歳の女性事務員が椅子から立ち上がった。浅倉は警察手帳を短く見せ、来意を告げた。
「少々、お待ちいただけますか」

相手が言って、所長室に向かった。待つほどもなく彼女は戻ってきた。

「どうぞ所長室に……」

「はい」

浅倉は玲奈を従えて奥に進んだ。ノックをしてから、所長室のドアを開ける。

樋口泰広は両袖机《りょうそでづくえ》に向かって、公判記録に目を落としていた。机の前には、六人掛けのソファセットが置かれている。

浅倉たちは、それぞれ名乗った。樋口が椅子から立ち上がる。

「四月六日の事件の再聞き込みをしたいとか？」

「ええ。お忙しいでしょうが、ぜひ捜査にご協力願いたいんです」

「ま、掛けなさいよ」

「失礼します」

浅倉は出入口側のソファに腰かけ、すぐ横に相棒を坐らせた。樋口弁護士が短く迷ってから、玲奈と向き合う位置に腰を落とした。

「警視庁に女優みたいな捜査員がいるとは思わなかったな。あなた、蓮見さんとおっしゃったね？」

「はい」

「まさか人権派と呼ばれてる蓮見一範《かずのり》弁護士の娘さんじゃないだろうな」

「そのまさかです。樋口さんは、父を知ってらっしゃるんでしょうか?」

「法曹界のパーティーで何度かお見かけしてるが、個人的なつき合いはないんだ。あなたのお父さんは正義の塊《かたまり》のような方だが、わたしは俗物《ぞくぶつ》そのものだからね。禁欲的《ストイック》な生き方は苦手なんだよ」

「樋口さんこそ、正義の味方だったんではありませんか。東京地検刑事部時代に堕落《だらく》した有力者をびしばしとやっつけたんでは……」

「三十代半《なか》ばぐらいまでは、そうした情熱があったな。しかし、法の網《あみ》を巧みに潜《くぐ》り抜けてる連中を起訴しても、甘い判決が下《くだ》されることが多い」

「法務官僚に超大物たちの圧力がかかって、そういうことになってしまうんでしょうか？」

「ま、そうだね。民自党《みんじ》の大物議員や官僚たちを裏で支配してる怪物たちの力は凄《すご》いんだ。裁判官や検察官の正義感などいとも簡単に踏み潰《つぶ》されてしまう。なんだか虚《むな》しくなってね、弁護士に転じたんだよ」

「そうだったんですか。東京地検の元検事さんなら、大企業からぜひ顧問弁護士になってほしいというオファーが多かったでしょうね」

「そういう話もたくさんあったよ。しかし、人生は金や名誉だけじゃない。だから、伸びしろのある会社の顧問になったんだ」

「そうなんですか」

　玲奈が口を結んだ。

「前段が長くなってしまったね。本題に入ってくれないか」

「はい。四月六日に殺害された山中啓太さんが運営会社の『くつろぎ商事』を訪れて団体交渉を求めたとき、樋口さんは会社側の代理人として応対しましたよね？」

　浅倉は確かめた。

「そう。労務担当の原専務に頼まれて代理人を務《つと》めたんだ。団体交渉を拒《こば》んだのは、専務の独断じゃなかった。創業者の所《ところ》光夫《みつお》社長の意向だったんだよ」

「あなたは、所社長に法律的な相談をもちかけられたんではありませんか？」

「ああ、相談されたよ。山中啓太は『東京青年ユニオン』の長坂事務局長や店長仲間十数人と一緒に『くつろぎ商事』に押しかけ、ラウドスピーカーでがなり立ててから、原専務との面会を求めたんだ。そうした挑発行為に出られたら、まともに話し合いに応じる気にならないんじゃないか。業務を妨害されたんだから、会社側は面会を断るべきだと社長や専務にアドバイスしたんだ」

「その助言に従って、会社側は団体交渉を断ったんですね？」

「そう。山中側が紳士的に面会を求めてたら、原専務は面会に応じてたと思うよ。しかし、ブラック企業呼ばわりされたら、会社側は同じテーブルにつく気にはならないさ。山中啓太はスタッフの増員を強く求めたが、わたしが特約調査員たちに調べさせたところ、管理能力に問題があったんだよ」

「具体的に話していただけますか」

「いいだろう。山中はアルバイト要員にてきぱきと指示を与えてなかったんで、仕事がスムーズに運ばなかったんだよ。だから、自分ひとりに負担がかかってしまった。ちゃんとした管理能力があれば、店長がオーバーワークになんかならなかっただろう」

「それは会社側の言い分でしょ？　山中啓太さんが一日十九時間も働くことは珍しくなかったとアルバイトたちは証言してるんですよ」

「そのことを証明できるのかね？」

樋口が反論した。

「複数人のアルバイトスタッフが同じ証言をしています」

「だとしても、山中啓太が長時間労働を会社に強要されてたという確証にはならない」

「会社側は、それを意図的に狙《ねら》ってたんではないかと疑われても仕方ないですよね。とにかく、野方店でアルバイトをしてた調理スタッフやホール係の証言で山中啓太さんが過重労働をしてたことははっきりしてるんです」

「そうした証言があっても、山中のオーバーワークを決定づける証拠はない。証言だけでは弱いことは、きみらもよく知ってるだろう？」

「それは詭弁《きべん》でしょ？　運営会社がチェーン店に正社員の店長ひとりしか派遣《はけん》しないで、時給の安い学生アルバイトたちに頼ってたのは利幅を大きくしたかったからとしか考えられません」

「まだ景気が回復しきってないんだから、どんな会社も人件費の削減はやってる。粗利《あらり》を少しでも増やそうとするのは当たり前だよ。ビジネスをやってるんで、ボランティア活動をしてるんじゃないからね」

「そうですが、一年半の間に『くつろぎ亭』の店長が三人も過労死してるんですよ。会社が店長たちに長時間労働を強要してたことは間違いないでしょう？」

「そのことなんだが、三人が過労死したと極《き》めつけるのは問題だな。原専務も説明したはずだが、若死にした店長たちは仕事が終わった後《あと》よく飲み歩いてたことはうちの調査員も確認してる。山中や『東京青年ユニオン』の長坂事務局長は、三人の店長が過労死したと断言してたが、そのことは客観的な事実というわけじゃないっ」

「顧問弁護士としては会社に不利になるようなことは一切《いっさい》認めたくないでしょうが、三人の店長は過労死だったんだと思います」

「そう思うのは勝手だが、こっちの見解とは違うね」

「このままでは平行線をたどるばかりだな。話を変えましょう。山中啓太さんが会社をブラック企業として内部告発する準備をしてたことを原専務は嗅《か》ぎつけてたんではありませんか？」

浅倉は単刀直入に訊いた。

「えっ、そうだったの⁉」

「ご存じではなかったか」

「わたしはまるで知らなかったよ。『東京青年ユニオン』の長坂克彦がそうするよう焚《た》きつけたんだろうか」

「いいえ、そうじゃないでしょう。被害者は『東京青年ユニオン』の支援だけでは自分の望む通りに事が運ばないんで、某全国紙の社会部の力を借りて内部告発する気だったようです」

「どこの新聞社に協力を求めたんだね？」

「それは教えられません。その新聞社に外部から圧力がかかったのかどうかわかりませんが、被害者の力にはなってくれなかったようなんですよ」

「内部告発が単なる中傷だったら、新聞社は大恥をかくことになる。やすやすと協力はしないだろう。それで、山中啓太はどうしたんだね？」

樋口が先を促《うなが》した。

「名前を挙げるわけにはいきませんが、被害者は硬骨漢として知られるノンフィクション・ライターに協力を求めたんですよ。そのフリージャーナリストはブラック企業に関心があったようで、山中さんの内部告発に力を貸す気になったんです。しかし、別の仕事に追われてたので、すぐには取材に取りかかれませんでした」

「そうなのか」

「フリージャーナリストが『くつろぎ亭』の関係者に会うようになったのは、三月中旬のことだそうです。取材で、三人の店長が過労死したという確信を深めたんでしょう。また、山中啓太さんが長時間労働によって、身心ともに疲れ果てたことも事実とわかったようです。社会派ジャーナリストは、『くつろぎ亭』の運営会社をブラック企業としてペンで告発する気だったと語ってました。実際、某月刊誌に告発ルポを書くことになってたそうです。その矢先に、被害者はダガーナイフで刺し殺されてしまったわけです」

「そのフリージャーナリストは垂水恭平だな。原専務が垂水の電話取材を受けたと言ってた。もちろん、『くつろぎ商事』はブラック企業と呼ばれるようなことはしてないと強く抗議したと言ってたよ」

「そうですか」

「きみらは、原専務が誰かに山中啓太を殺させたと疑ってるのか⁉」

「一部のマスコミが『くつろぎ商事』をブラック企業に挙げました。社会派ジャーナリストが山中さんの告発内容は事実だったという記事を発表したら、会社の業績は悪化するでしょう。最悪の場合は倒産しかねないと思います」

「それだから、原専務が殺し屋か誰かに山中を始末させたんではないかと推測したんだな」

「そういう疑惑がゼロとは言いきれないでしょう？　すでに三人の店長が過労死してるんですから」

浅倉は弁護士の顔を直視した。かたわらの玲奈も、樋口を見据えた。

「三人の店長は過労死したと断定されてるわけじゃない。それだから、労災として認められてないんだ。臆測《おくそく》や推測で『くつろぎ商事』をブラック企業として糾弾《きゅうだん》するのは正しくないな。見方が偏《かたよ》ってるよ。垂水恭平が告白ルポを発表したら、当然、会社はフリージャーナリストを告訴することになる」

「そうするでしょうね」

「中傷されたら、『くつろぎ商事』は不快になるにちがいない。そうだからといって、山中を原専務が第三者に葬《ほうむ》らせるなんてことは考えられないっ。専務だけじゃない。所社長を含めて役員たちは誰も事件に絡んでるわけないよ」

「そうでしょうか」

「ばかばかしくて、怒る気にもなれないな」

樋口が憮然《ぶぜん》とした表情になった。一拍置いてから、玲奈が口を開いた。

「団体交渉を拒まれた数日後、被害者と『東京青年ユニオン』の長坂事務局長の二人は別々に暴漢に襲われそうになったんですよ。どちらもうまく逃げたんで怪我は負わされなかったんですが、『くつろぎ商事』が襲撃者を雇ったと疑えなくもありません」

「わたしは顧問弁護士で、会社の役員じゃないんだ。そこまでは知らないよ。しかし、常識から考えて、役員の誰かがそんなことを企《くわだ》てたとは思えないな」

「そうでしょうか。ですけど、被害者が長坂事務局長の支援を受けてスタッフの増員を要求したことは事実なんです。それから、労働条件の改善も訴えようとしたことも」

「そうなんだが、『くつろぎ商事』がブラック企業だという物的な証拠はなかった。それなのに、なぜ会社は山中や長坂事務局長を痛めつける必要があるのかね。会社が経費の無駄をなくすことに熱心だからって、先入観を持ってはまずいな。あなた、人権派弁護士の娘さんでしょうが！」

「別に先入観に囚《とら》われてるのではありません。事件前の出来事を総合的に判断して、運営会社が被害者や『東京青年ユニオン』の事務局長を威嚇《いかく》した疑いは拭えないと思ったんです」

「もうよそう。悪いが、急いで公判記録に目を通さなければならないんだよ」

　樋口が遠回しに辞去を促《うなが》した。

　浅倉は相棒に目で合図して、先にソファから立ち上がった。玲奈がすぐ腰を浮かせる。

　二人は所長室を出て、そのまま樋口法律事務所を辞した。エレベーターホールで、玲奈が呟いた。

「ヤメ検弁護士は何か隠そうとしてる感じでしたね」

「こっちも、同じことを感じたよ」

「そうですか。明日から二手に分かれて、原専務と樋口弁護士の二人に張りついてみましょうよ。そうすれば、そのうちにどちらかがボロを出す気がします」

「それは、まだ早いな。宮内・乾班が香月理恵と田浦拓海にも怪しい点があると報告してくるかもしれないじゃないか」

浅倉は言って、先に函《ケージ》に乗り込んだ。

二人は一階に下り、明和ビルを出た。すると、三十一、二歳の背広姿の男がスカイラインの車内を覗き込んでいた。浅倉は玲奈と顔を見合わせた。うなずき合って、足を速《はや》める。

そのすぐ後だった。不審者が振り返り、ぎょっとした表情になった。

「何をしてるんだ？」

「別に何も……」

「警察だ。そこを動くなよ」

浅倉は命じた。

怪しい男は地を蹴《け》って、猛然と走りだした。浅倉たちは追った。逃げた男は脇道に走り入った。数十メートル先には、白いアリオンが駐めてあった。やはり、尾行されていた。

浅倉は駆けながら、腰から手錠を引き抜いた。

すぐに投げつける。放った手錠は相手の後ろ首に当たって、路上に落ちた。不審者が短く呻《うめ》き、前のめりに倒れた。

浅倉は路面の手錠を拾い上げ、男の腰に片足を載せた。玲奈が前方に立ちはだかり、逃げ場を封じた。

「手錠を打たれたくなかったら、こっちの質問に素直に答えるんだな」

「は、はい」

「何者なんだ？」

「『くつろぎ商事』の経理部の者です」

「名前は？」

「君塚《きみづか》、君塚悟《さとる》です」

「レンタカーを使って、なんでおれたちの車を尾《つ》けてた？　原専務に命じられたんじゃないのかっ」

浅倉は声を張った。

「ち、違います。経理部長の落合久志《おちあいひさし》さんに頼まれて、あなたたちの覆面パトカーが、うちの会社を出てから……」

「フリージャーナリストの垂水恭平の自宅兼仕事場からスカイラインを尾行してたんだな?」

「ええ、そうです。落合部長にあなた方の訪問先を調べて報告してくれと言われたんですよ」

「落合という経理部長は、なぜ警察の動きを気にしてる?」

「ぼくにはわかりません。部長には目をかけてもらってるんで、断れなかったんですよ。ご迷惑をかけて済みませんでした」

君塚と名乗った男が謝った。

「それで済むと思ってるのか。甘いな」

「ぼ、ぼく、逮捕されるんですか⁉ それは困ります。なんとか勘弁《かんべん》してくれませんか。お願いしますよ」

「落合という経理部長に関することを包み隠さずに喋《しゃべ》ってくれたら、無罪放免にしてやってもいい」

「本当ですか?」

「ああ」

「そういうことなら、知ってることはすべて話しますよ。ええ、正直に喋りますから、それで勘弁してください」

「いいだろう。覆面パトカーの後部座席でゆっくり話を聞こうか」

浅倉は君塚に言って、玲奈に目配《めくば》せした。

玲奈が心得顔で、スカイラインのリア・ドアを大きく開いた。浅倉は片足を路面に戻し、君塚を掴み起こした。

4

極度に緊張しているのか。

君塚はうなだれ、子供のように怯《おび》えている。リア・シートに坐ってから、ずっと同じ姿勢だった。

「おい、落ち着けよ」

浅倉は、横に腰かけた君塚の肩口を軽く抓《つま》んだ。それでも、顔面は強張《こわば》ったままだった。

「二、三回深呼吸をしてみたら?」

運転席の玲奈が上体を捻《ひね》って、優しい声音《こわね》で君塚に言った。

君塚が言われた通りにした。すると、少し冷静さを取り戻した。

「もう大丈夫そうだな」

浅倉は言った。

「は、はい」

「経理部長の落合久志は何か悪いことをして、その弱みを原専務に握られてるんじゃないのか？」

「そ、それは……」

「口ごもったな。落合を庇《かば》う気なら、手錠《ワッパ》を掛けることになるぞ」

「約束が、約束が違うじゃないですかっ。知ってることを喋れば、無罪放免にしてくれると言いましたよね？」

「ああ、言った。でもな、そっちは正直に喋ろうとしないじゃないかっ。え？」

「これから話しますよ。落合部長は食材を納入してる業者たちによく高級クラブや料亭に招かれて、接待ゴルフにも招《よ》ばれてました」

「食材を納入してる業者はどのくらいいるんだ？」

「五社、いいえ、六社ですね」

「食材納入業者は経理部長が決めてるわけじゃないんだろう？」

「ええ。五年ぐらい前までは新堀《しんぼり》副社長が各仕入れ先から毎年見積りを出させてたんですが、その後は原専務が納入業者を決めるようになりました」

「労務担当の役員が、なぜ納入業者を決定するようになったんだ？」

「よくわかりませんけど、新堀副社長は少し高くても品質のいい食材を仕入れてたんですよ。社長の所はもっと原価率を下げろと常々言ってましたので、商売上手な原専務に交代することになったんだと思います」

「そういうことか。専務の原利夫は袖《そで》の下を使ってくれる食材納入業者を選んでたんじゃないの？　いや、それだけじゃなさそうだな。経理部長まで食材納入業者の接待を受けてるという話だったから、おそらく原専務は仕入代金の何割かをキックバックさせて、経理部長にリベートをどこかで現金で受け取らせてたんだろう」

「そうなんでしょうか」

「専務は汚れ役を押しつけた落合に少し分け前を与え、納入業者たちに経理部長を遊ばせてやれと言ってたんじゃないだろうか」

「リーダー、そうなんだと思います。リベートを受け取ってることが発覚した場合は、経理部長に罪を被《かぶ》ってくれと言い含めてあったとも考えられますね」

玲奈が口を挟んだ。

「そうだとしたら、キックバックされた分は六四《ろくよん》の割合で分けてるのかもしれないな」

「きれいに山分けしてるとは考えにくいでしょうか？」

「専務が食材納入業者を決めてたということだから、半々に分けてるとは思えないな」

「ええ、そうでしょうね」

「落合経理部長は、専務に目をかけられてるんだろう？」

浅倉は君塚に問いかけた。

「はい。二人は同県人なんですよ。出身地は愛知《あいち》県の北部と南部と異《こと》なるんですが、何かと話が合うようです」

「そうなんだろうな。専務と落合は二人だけで飲みに行くことが多いんじゃないのか？」

「ええ、そうですね。銀座の高級クラブや六本木の白人クラブに行ってるようです。店名まではわかりませんけど。ただ、赤坂の……」

君塚が言い澱《よど》んだ。

「手錠を打たれてもかまわないって気になったようだな」

「ち、違います。いま、喋りますよ。赤坂の田町《たまち》通りにある『シルキー』というクラブには部長に連れられて、幾度《いくど》か行ったことがあります」

「その店に落合部長のお気に入りのホステスがいるんだろうな？」

「ええ。部長は結衣《ゆい》という源氏名《げんじな》のホステスに入れ揚《あ》げて、半年ぐらい前から面倒を見てるみたいですね」

「愛人として囲ってるわけか。食材納入業者から原専務がリベートとして受け取った金で落合はお気に入りのホステスを愛人にしたんだな」

「多分、そうなんだと思います」

「その彼女の本名はわかる？」

「ぼくは源氏名しか知りませんが、部長は結衣さんを広尾《ひろお》の高級賃貸マンションに住まわせて、月々百数十万の手当をあげてるらしいですよ」

「落合部長は、汚れた金を原専務からたんまり貰《もら》ってるようだな」

「だと思います」

「原専務にも愛人がいそうね」

玲奈が振り向いて、君塚を見た。

「部長から聞いた話だと、原専務はモデルだったオーストラリア人をセックスペットにしてるそうです」

「なんて名前なの？」

「えーと、マーガレット・ミッチャムだったかな。二十四歳で、瞳はブルーみたいですよ。高校生のときに交換留学したとかで、日本語が上手らしいんです」

「専務は白人女性が好きなんじゃない？」

「そうみたいですよ。高校生のころから金髪美女に憧《あこが》れてたようです。マーガレットは栗《くり》毛《げ》らしいけど、白人をセックスペットにすることで優越感を覚えてるんじゃないですか？」

「日本人男性の多くは欧米系の女性に憧れてるようだけど、その底にはコンプレックスがあるんでしょうね。だから、白人女性を自由にすることで、下剋上《げこくじょう》の歓《よろこ》びを味わってるんじゃないのかな？」

「そうなのかもしれません」

「ばかみたい！　東洋人よりも白人女性の容姿《ようし》が男性の目を惹《ひ》くんでしょうけど、それだけのことでしょ？　別に人間的に優《すぐ》れてるわけじゃないわ」

「はい、その通りですね」

君塚は叱られた子供のように、おどおどとしていた。浅倉は笑いを堪《こら》えながら、君塚に話しかけた。

「知ってるのは、それだけか？」

「は、はい」

「四月六日の夜、『くつろぎ亭』の野方店の店長が自宅マンションで何者かに刺殺された事件は知ってるな？」

「ええ。その店長は山中啓太という名だったと思います。ぼくはその彼と一面識もありませんけど、『くつろぎ商事』に店長仲間や労働者支援組織の人と押しかけてきて、拡声器で『各店舗のスタッフを増やさない限り、店長の過労死はなくならない』と繰り返し喚《わめ》いてたんで……」

「よく憶《おぼ》えてるんだ？」

「はい」

「一年半の間に三人の店長が相次いで若死にしたが、会社は過労死とは認めてない。そっちは、そのことをどう思ってる？」

「落合部長や原専務にはオフレコにしてほしいんですけど、確かに各店舗に正社員は店長しか派遣されないのは問題だと思います。でも、大卒じゃなくても努力すれば、二十代で店長になれるのは魅力のある職種ですよね」

「しかし、店長たちは売上額のノルマを課せられて、馬車馬のように働かされてるんだろう？」

「接客が下手《へた》で、学生アルバイトたちの動かし方がうまくないと、どうしても店長に負担がかかります。本部の接客マニュアル通りに支援スタッフを働かすことができて、調理スタッフの無駄な動きを細かく指摘してれば、店長の負担はさほど大きくないはずなんです」

「そうなんだろうが、アルバイトの連中は正規の従業員ではないんで、愛社精神なんかないだろう。ほとんどの者が要領よく働いてるんじゃないのか」

「でしょうね。アルバイト要員は時給に見合った労働をすればいいと考えてるにちがいありません。しかし、会社はそういう支援要員の労働意欲を掻《か》き立てるのが店長の大事な仕事だと教えてるんですよ」

「だろうな」

「けど、アルバイトの高校生、専門学校生、大学生、フリーターなんかは割に堪《こら》え性《しょう》がないんですよ。店長が何回か注意したりすると、仕事中に無断で自宅に帰っちゃう子もいるんです」

「そうなのか」

「気弱な店長はそういう事態を避けるため、〝寛大《かんだい》なお兄さん〟を演じてしまうんです。その結果、チームワークが乱れて……」

「店がうまく回らなくなる？」

「ええ、そうなんです。バイトの子たちは決められた勤務時間が過ぎると、さっさと帰ってしまいます。段取りが遅れた分は店長が補わなければならないんですよ」

「それだから、山中啓太は一日十九時間も働いてたわけか。休憩を挟んでたとはいえ、ハードワークだよな」

「そんなに長時間は働いてないと思いますよ。いくらなんでも、オーバーです」

君塚は異論を唱《とな》えた。

「運営会社の者はそう言ってるが、アルバイト要員たちの証言によると、山中はそのぐらいは働いてたようだ。店長は勤め先に入ったときしかタイムカードに時刻を記録してないそうだから、過重労働を証明することは難しいがな」

「そうだったんですか」

「過労死したと思われる三人の店長は仕事が終わってから飲み歩いてたと原専務は言ってたが、長時間労働と急死には因果《いんが》関係があると思われる」

「うーん」

「反論したって、かまわないぞ。言いたいことがあったら、言えよ」

「特に言いたいことはありません」

「そうか」

「刑事さんたちは、『くつろぎ商事』の関係者が第三者に野方店の店長だった山中を殺させたとまだ疑ってるんですか？　役員たちは全員、事件にはタッチしてないと警察は判断したと聞いてましたけど」

「これまでの捜査に手抜かりがあったかもしれないので、被害者と関わりのあった人間を調べ直してるんだよ」

「そういうことなんですか」

「尾行に失敗したことを上司の落合はもちろん、原専務にも言うなよ。おれたちのことを喋ったら、そっちは書類送検されることになるぞ。不起訴処分になるだろうが、解雇《かいこ》されるかもしれないな」

「ぼく、余計なことは誰にも言いません。三流私大を卒業したんで、正社員で雇ってくれる会社はなかったんですよ。六十七社の入社試験を受けて、やっと『くつろぎ商事』の内定を貰ったんです」

「それは大変だったな」

「就活中は人相が怖《こわ》かったと両親や妹に言われました。それだけ必死だったんですよ。会社をクビになったら、もう正社員で採用してくれる会社はないでしょう。高齢化社会をぼくらの世代が支えていかなければならないのに、非正規社員数がいまも増えてます。派遣や契約社員では、安定した生活は望めません。次世代が安心して働ける正社員をもっと増やすべきですね。個人的にそう考えています。経済的な理由で二、三十代の男女が結婚に踏み切れないなんて、世の中、おかしいですよ」

「そっちの考えを所社長や原専務に訴えてみなよ」

「あっ、危《ヤバ》い！　つい本音《ほんね》を言ってしまいました。聞き流してください」

「生きにくい時代になったな。もう解放してやろう」

浅倉は後部座席から離れた。

君塚は反対側のドアから降りた。一礼し、アリオンに向かって駆けていく。浅倉は君塚の後ろ姿を見ながら、車を回り込んで助手席に腰を沈めた。

「これから、どう動きます？」

玲奈が指示を仰《あお》いだ。

「赤坂の田町通りに行ってくれ。『シルキー』というクラブで落合が世話をしてる元ホステスの結衣の本名と家を聞き出し、広尾に向かおう。経理部長の弱みをちらつかせれば、専務の悪事を吐くだろう」

「それで、原専務を追い込むんですね？」

「ああ、そうだ」

浅倉は答えた。相棒がスカイラインのエンジンをかけた。

それから間もなく、宮内から浅倉に電話がかかってきた。

「リーダー、香月理恵は電話オペレーター仲間に危ないことを言ってたんですよ。真顔で元カレにまとわりつかれて困ってるんで、代理殺人を引き受けてくれるような男がいたら、紹介してくれと言ってたそうです」

「それはいつごろの話なんだ？」

「一月の下旬のことだと言ってました。それからですね、田浦拓海も同じ趣味を持つ男に冗談めかして、交換殺人の話を二月の中旬に持ちかけていたことがわかりました。相手が誰を殺《や》ってほしいんだと問うと、交際中の女の元カレをこの世から消したいと答えたそうなんですよ。標的は山中啓太ですよね。理恵と田浦は何らかの方法で実行犯《ヤサ》を見つけ出したんじゃないでしょうか」

「ちょっと怪しいな。おれたちも、原専務を疑える新事実を摑んだよ」

浅倉はそう前置きして、経緯《けいい》を喋りはじめた。

第三章　透《す》けた背任横領

1

雨が激しくなった。

張り込みには好都合だ。浅倉はほくそ笑《え》んだ。エルグランドの助手席に坐《すわ》っていた。

きょうの相棒は乾刑事だった。相棒は運転席の背凭《もた》れに上体を預けている。

午前八時過ぎだった。浅倉たち二人は、一時間ほど前から『くつろぎ商事』の経理部長の自宅に目を注《そそ》いでいた。

落合久志の家は品川区荏原《えばら》五丁目の一角にあった。建売住宅のようで、似たような造りの二階家が十棟ほど並んでいる。

敷地は四十数坪だろう。各戸にカーポートがあるが、庭はどこも狭い。最寄《もよ》り駅は、東急目黒線の西小山《にしこやま》だ。駅まで四、五百メートルの道程ではないか。

前夜、浅倉・蓮見ペアは赤坂のクラブ『シルキー』を訪れ、元ホステスの結衣の本名を聞き出した。店の支配人は協力的だった。

結衣という源氏名を使っていた元ホステスの本名をすぐに教えてくれた。波多野安寿《はたのあんじゅ》で、二十六歳だった。自宅は広尾二丁目にある高級賃貸マンション『広尾グランドパレス』と判明した。部屋は六〇六号室だ。

浅倉は玲奈とともに落合の愛人宅に向かった。だが、あいにく留守だった。午後十一時過ぎまで車の中で待ってみたが、部屋の主は帰宅しなかった。そんなことで、聞き込みを断念せざるを得なかったわけだ。

安寿は旅行中なのかもしれない。浅倉はそう考え、直《じか》に落合久志に探りを入れてみる気になったのだ。出勤時に落合に声をかけるつもりでいる。

宮内・蓮見ペアは、田浦拓海の動きを探《さぐ》ることになっていた。そろそろ田浦の勤め先に着いたのではないか。

「リーダー、原専務は食材納入業者からリベートを貰《もら》ってることを山中啓太に知られてしまったんじゃないっすか？」

乾が落合宅に視線を当てながら、話しかけてきた。

「そうなのかもしれないな。山中がチェーン店の店長に長時間労働を強要してる事実を内部告発する気配を察して、会社は頭を抱《かか》えてただろうが、組織ぐるみで一店長を……」

「抹殺するっすかね？」

「内部告発されたら、企業イメージが著《いちじる》しく悪くなるが、山中の口を永久に封じるのもリスキーだ。そう考えると、会社ぐるみの犯罪じゃなさそうだな」

「おれ、そんな気がしてきたんすよ。原が食材納入業者たちからバックリベートを貰ってたことが発覚したら、その時点で専務はジ・エンドでしょ？」

「そうだろうな。原利夫は身の破滅を恐れて、誰かに山中啓太を始末させたのか。そうなのかもしれないぞ」

「経理部長の落合を追い込めば、原専務が出入り業者にたかってたことがはっきりすると思うっす。落合経理部長が元クラブホステスの波多野安寿《レコ》を愛人にできたのは、専務の原から一種の口止め料を貰ってたからでしょう。部長と言ったって、大企業の部長とは待遇が違うっすよね？」

「そうだと思うよ。愛人を高級賃貸マンションに住まわせ、月に百数十万の手当は渡せないだろう。落合は専務にちょっと鼻薬を利《き》かされたんではなく、原の共犯者臭いな」

「そうっすね」

「バックリベートを要求された食材納入業者は堪《たま》らないだろうな」

「持ちつ持たれつの関係だから、出入り業者たちは割り切ってキックバックしてるんじゃないっすか。そうしてる間は、鮮魚、野菜、酒の納入業者なんかはまとまった量の受注を保証されてるわけっすから。でも、法に触れることはしてることになるっすよね」

「バックリベートを要求した側のほうが罪は重いな。原が山中に袖の下を使わせてる証拠を握られてたとしたら、野方店の店長を亡《な》き者にしたくなるだろう」

「そうでしょうね」

「捜査資料には、『くつろぎ亭』の食材の配送先は記載されてなかったな。しかし、食材は運営会社が管理してる食材センターにいったん一括納入されてるんだろう」

「多分ね。それから各チェーン店に必要な分だけ食材が届けられてるんじゃないっすか」

「山中は配送トラックの運転手あたりから、食材納入業者たちが原専務にバックリベートを払ってるという噂を聞いて、独自にその証拠を集めてたんだろうか」

「そうなんじゃないっすか」

「いや、山中は毎日のように一日十九時間も働かされてたようだ。月に一度は休みを取れたようだが、デートする時間もままならなかった。山中本人が原専務の背任横領の証拠集めなんかできなかっただろう」

浅倉は言って、フロントガラスに顔を近づけた。雨勢が強まり、視界が利かなくなったのだ。

乾がワイパーを作動させてから、浅倉に顔を向けてきた。

「リーダー、山中には誰か協力者がいたんじゃないっすか。そう考えたとき、フリージャーナリストの垂水恭平のことが脳裏を掠《かす》めたんすよ。けど、二人には何も接点がなかったはずです」

「そうだったな。社会派ジャーナリストが協力者だったとは考えにくい。もしかすると、『東京青年ユニオン』の長坂事務局長が山中に協力したのかもしれないな。うーん、それはないか。そうだったとしたら、原専務は団体交渉の要求を拒《こば》めなかったろう」

「ええ、そうっすよね。山中に協力した人間がいるとしたら、いったい誰なんだろうか」

「それが謎だな」

「リーダー、原に対する疑惑はありますが、香月理恵と田浦拓海も灰色っすよ。どちらかというと、田浦のほうが怪しいな」

「田浦は同じ趣味を持つ男に代理殺人を持ちかけたという話だったが、その相手ははっきりと断ったんだろう？」

「ええ、そうっす。宮内さんと二人で池内綾人《いけうちあやと》という二十八歳のガンショップ店員を心理的に追い込んでみたんすけど、嘘をついてるようには見えなかったすね」

「そういう話だったな」

「香月理恵は山中のストーカーじみた行為に迷惑してたんだろうけど、元カレを本気で殺したいと思ってたかどうか。同僚の話では、理恵が殺人を請け負ってくれそうな奴を探してたらしいんすよ。けど、ネット通販会社の電話オペレーターっすからね。ヤー公の情婦《おんな》じゃないんっす。どこまで本気だったのかどうか疑問でしょ？」

「そうだな」

「だけど、田浦拓海は本気で交換殺人を考えてたとも思えるな。中古車販売会社の同僚だけじゃなく、行きつけの飲食店の従業員たちは田浦が短気で独占欲が強いと口を揃えて言ってたんすよ」

「理恵とよりを戻したがってた山中啓太を目障《めざわ》りだと感じて、第三者に四月六日の犯行《ヤマ》を踏ませたかもしれないってことだな？」

「そうっす。宮内・蓮見班が田浦の尻尾《しっぽ》を摑んでくれるといいっすね」

「そうなんだが……」

「リーダーは、原専務のほうが怪しいと思ってる？」

「ま、そうだな。田浦は気が短くて嫉妬深いんだろうが、香月理恵は山中とやり直す気はなかったにちがいない」

「と思うっすね。山中にはまったく未練はなかったんでしょう。心は完全に田浦に移ってたんじゃないっすか」

「そうだろうな。田浦は、山中に理恵を奪い返される心配はなかったわけだ。山中を誰かに殺《や》らせる動機はないと判断してもいいだろう」

浅倉は言った。

「リーダー、動機はなくもないっすよ。香月理恵は山中啓太にしつこくまとわりつかれて、神経的にまいってたんでしょうからね」

「ああ、そうだろうな」

「つき合ってる女が困ってたんで、田浦はなんとかしてやろうと思うんじゃないっすかね？ 独占欲が強いって話だから、山中のことはすごく目障《めざわ》りだと思ってたんでしょう」

「だろうな」

「山中がなかなか理恵のことを諦《あきら》めないんで、一肌脱ぐ気になったんじゃないっすか？」

「で、誰かに始末させた？」

「そうなのかもしれないっすよ。好きな女にいいとこを見せたがる野郎は、常識では考えられない行動に走ったりするじゃないっすか」

「そういう奴がいることは認めるが、殺人教唆《きょうさ》の動機が弱い気がするな」

「そうっすか」

「乾、密会してる筋者の内縁の妻が出所した同居人に連れ戻された後、おまえと別れたくないと涙ながらに訴えたら、どうする？」

「リーダー、ちょっとケースが違うんじゃないっすか」

「黙って聞けよ。おまえは、やくざの幹部を誰かに始末させる気になるか？」

「女に本気で惚《ほ》れてたら、自分の手で内縁の夫を殺《や》っちゃうかもしれないな。でも、おれは密会相手にそこまでのめり込んでないっすよ。正確には人妻じゃないけど、他人の女を寝盗《と》ったことにスリルを感じてんす。けど、田浦が理恵に本気で惚れてたら、山中を第三者に片づけさせる気になっちゃうんじゃないっすか。まだ三十歳なら、つき合ってる女しか見えなくなってるかもしれないでしょ？　リーダーやおれは数多くの女とベッドで娯《たの》しみたいと思ってるから、ひとりの女にそれほど夢中になったりしないと思うっすけどね」

「少し前のおれは、できるだけワンナイトラブを重ねたいと思ってたよ。でもな、心境に変化が起こりそうなんだ」

「ハントバーで親しくなった飛び切りの美女にのめり込みそうなんすか？」

乾が好奇心を露《あらわ》にした。

「まあな。最初は半年ぐらいつき合ってみるかと考えてたんだが、遊びでは終わらないかもしれないという予感を覚えてる」

「何をしてる女性《ひと》なんすか？　ハントバーで知り合ったなら、根は尻軽《しりがる》だったりして……」

「そうじゃないんだよ。男擦《ず》れしてなかったんだ、意外にもな。それが新鮮だったし、その彼女、気立てもいい」

浅倉は芳賀真紀の顔を思い浮かべながら、つい口走ってしまった。本気で真紀に惚《ほ》れはじめているのだろうか。

そうだとしたら、そろそろ年貢を納める時期に来ているのかもしれない。しかし、真紀と家庭を持った自分の姿は想像できなかった。欠点のないように見える真紀を美化しているだけなのか。そのうち別の女性に目移りし、ワンナイトラブにいそしむようになるのだろうか。先のことはわからない。

その一方で、できるだけ真紀と長く交際したいと考えていた。こういう気持ちになったのは久しぶりだった。いまに離れられなくなるのか。それならそれで、恋の行く末を見届けたい気もする。

「リーダー、もったいぶらないで、いい女のことを教えてくださいよ。誰にも喋ったりしないっすから」

乾がそう言いながらも、すぐに話題を転じた。

数分後、浅倉の上着の内ポケットで刑事用携帯電話《ポリスモード》が着信音を発した。手早くポリスモードを掴《つか》み出し、ディスプレイに目を落とす。発信者は元SPの宮内だった。

「田浦に張り込んでることを覚《さと》られてしまったか？」

「いいえ、そうではありません」

浅倉は早口で訊《き》いた。

「田浦は出勤してるんだろ？」

「ええ。少し前に営業所に入っていきました。あいにくの天気なんで、中古車展示場には

「雨天に中古車を買いにくる客は、ほとんどいないだろう。田浦が気になる行動をとるまで、蓮見とのんびり張り込んでればいいさ」

「はい。実は、先に職場に入った田浦の男性同僚から新情報を得たんですよ。三月下旬に、田浦は五人の同僚に六十万円ずつ借金を申し込んだらしいんです」

「三月下旬だって？」

「そうです。山中が殺害された四月六日の九日前に三百万を同僚から借りようとしたという話を聞いて、もしかしたら……」

「殺しの成功報酬を工面《くめん》しようとしたんじゃないかと思ったんだな？」

「そうです」

「で、田浦は同僚から金は借りられたのか？」

「五人とも余裕がないからと断ったそうです。田浦は、横浜《よこはま》のやくざが運転するベンツと接触してボディーを傷つけてしまったので、すぐに修理代として三百万円を払わないと示談にはしてもらえないと蒼《あお》ざめてたらしいんです」

「結局、田浦は誰からも金は借りられなかったのか？」

「同僚の話では、田浦は毎日のように昼食を摂《と》ってる『秋津《あきつ》食堂』の店主に泣きついて六十万円だけ借りたそうです」

「宮内、その裏付《ウラ》けは取ったのか？」

「蓮見を『秋津食堂』に行かせました。人情味のある店主は常連客の田浦に同情して、金を貸したそうです。借用証も見せてもらったということですから、田浦拓海が三百万円を工面したがってたのは事実なんでしょう」

「そう考えても、いいだろう」

「これはわたしの想像なんですが、田浦は四、五社の消費者金融から残りの二百四十万円を借り集めて山中啓太を刺殺した実行犯に渡したんでは？」

宮内が言った。

「そっちも乾と同じように田浦を怪しんでるのか」

「同僚から新情報を得るまでは、乾君の筋読みにうなずけない部分もあったんですが……」

「田浦が三月下旬に三百万を都合つけたがってたという話を聞いて、疑念が膨《ふく》らんだんだな？」

「はい、そうです」

「蓮見は、どう筋を読んでるんだろう？」

「田浦は灰色と見てるようです。田浦が本当に横浜の暴力団関係者のベンツと接触事故を起こしたとも思えるし、それは作り話かもしれないとも感じられるので、まだ黒白《こくびゃく》はっけられないということでした」

「そうか」

「リーダーはどう思われます？」

「おれにも判断つかないな。こっちは予定通りに落合の家《ヤサ》の近くで張り込んでるんだが、捜査対象者《マルタイ》はまだ出勤する様子がないんだ。部下の君塚が何か報告してたんなら、落合はしばらく雲隠れする気になったのかもしれないな」

「そうなら、頃合を計って自宅を抜け出しそうですね」

「ああ、考えられるな。宮内たち二人は、引きつづき田浦をマークしてくれ」

浅倉は通話を切り上げ、乾に宮内から聞いた話を伝えた。

「田浦は三月下旬に三百万を用意したくて、金策に駆けずり回ってたんすか。だったら、本事案の犯人《ホシ》は田浦拓海臭いな。ヤーさんのベンツと接触事故を起こしたという話は作り話だと思うっすね。田浦は殺しの成功報酬を工面してたんすよ。そうにちがいない。リーダー、田浦をとりあえず別件でしょっ引いたほうがいいんじゃないっすか」

「まだ捜査に入って二日目なんだ。そう急《せ》くなって」

「いつもよりリーダーは慎重っすね」

乾が口を閉じた。

そのとき、落合が自宅から出てきた。格子柄《こうしがら》の雨傘を差し、西小山駅の方向に足早に歩きだした。片手には、黒いビジネスバッグを提《さ》げている。どうやら職場に向かうようだ。

君塚は余計なことは上司に喋《しゃべ》らなかったらしい。

「乾は低速で従《つ》いてきてくれ」

浅倉は黒い傘を持って、エルグランドの助手席から出た。手早く傘を開いたが、頭髪と着衣はたちまち濡れてしまった。

浅倉は大股で『くつろぎ商事』の経理部長を追いはじめた。少しずつ距離が縮まる。エルグランドがゆっくり従いてくる。

落合は住宅密集地を馴《な》れた足取りで進み、やがて踏切に差しかかった。

浅倉は傘を高く掲《かか》げ、落合に駆け寄った。気配を感じたらしく、落合が足を止めた。すぐに振り返る。

「警視庁の者です。『くつろぎ商事』で経理部長をされている落合さんですね？」

浅倉は穏《おだ》やかに語りかけた。

「そうですが、わたしは何も悪いことなんかしてませんよ」

「正直に言っていただきたいな。原専務は食材納入業者からキックバックを受け取ってるんでしょ？　経理部長のあなたは専務に頼まれて、故意に納入業者に請求代金を多く払ったことにし、バックリベートを納入業者から受け取ってたんじゃありませんか。その分は帳簿に記載する必要がない。あなたは金を原専務に手渡し、そのうちの何割かを貰ってたんでしょ？」

「何を証拠に、そんなでたらめを言うんだっ」

「裏付けは取ってあります」

「もっともらしいことを言うな！」

「給料だけで、元クラブホステスの波多野安寿さんを愛人として囲えるものかな」

「うっ」

落合が絶句した。

「安寿さんは赤坂の『シルキー』では、結衣という源氏名を使ってた。警察はそこまで調べ上げてるんですよ」

「わ、わたしは……」

「なんです？」

浅倉は問い返した。そのとき、踏切の警報が鳴り響きはじめた。遮断機《しゃだんき》が下がった。

「部下の運転する捜査車輛がすぐ後ろに駐《と》めてあります」

「疚《やま》しいことなんかしてないと言ったじゃないかっ」

「いま、あなたを逮捕するわけじゃありません。車の中で事情聴取させてもらうだけですよ」

「いやだ！」

落合が雨傘を放り投げ、遮断機を潜《くぐ》った。

浅倉は大声で制止した。しかし、無駄だった。

落合は踏切を渡りきらないうちに、右手から進入してくる電車に高く撥《は》ね飛ばされた。数十メートル先のレールの上に落下し、大きな車輪に轢《ひ》かれてしまった。急ブレーキを掛けた電車は、はるか先で急停止した。

「なんてことだ」

浅倉は傘を差し、その場に立ち尽くした。しばらく動けなかった。

2

右腕が痺《しび》れてきた。

たてつづけに百数十発も試射したせいだろう。勝島の秘密射撃場だ。

浅倉は出入口に近いシューティング・ブースに立ち、ベレッタ92Fを撃ちまくっていた。いつもの射撃訓練ではなかった。気持ちを切り替えたくて、部下の乾と射撃場に来たのだ。任務で感傷的になったのは初めてだった。

落合が電車に轢《ひ》かれて死んでから、すでに二時間が経過している。浅倉の心は依然として厚く翳《かげ》っていた。

『くつろぎ商事』の経理部長を死なせてしまったことで、後味《あとあじ》の悪さを感じていたのである。落合は自分で遮断機を潜り抜け、踏切の向こう側に逃げようとした。

浅倉は力ずくで落合をエルグランドの中に押し込もうとしたわけではない。それでも、落合を心理的に追い詰めたことは事実だ。そうした後ろめたさは、いまも胸奥《きょうおう》に宿っている。

浅倉・乾班は、荏原署の地域課の者たちが事故現場に到着する前に姿を消した。落合から有力な手がかりを得ることはできない。相棒は心得顔で、エルグランドを広尾に向けた。

浅倉は、死んだばかりの落合の愛人に会うことにためらいを覚えた。少し時間が欲しかった。寄り道をしている間に、気持ちを整理することにした。

そういう経緯があって、浅倉は乾に行く先を変更させたのだ。数十分前まで、相棒も隣のブースで射撃訓練をしていた。

乾は三種類の拳銃《ハンドガン》で百発近く撃ち、ゴーグルとイヤープロテクターを外した。いまは、浅倉の斜め後ろの椅子に腰かけている。

浅倉はシューティング・ブースに入ってから、射撃に神経を集中させた。

人形《ひとがた》の標的は二十五メートル離れている。電動で左右に動く。前後に移動させることも可能だ。普段なら、たいていマン・ターゲットに着弾させることができる。

だが、最初の数発は的から大きく逸れていた。脳裏に宙を泳ぐ落合の姿が明滅し、集中力を奪われてしまったのだ。

落合は運が悪かったのだと自分に言い聞かせているうちに、浅倉は次第に平常心を取り戻すことができた。それからは命中率が俄然《がぜん》、高くなった。

とはいえ、元SPの宮内のように百発百中とはいかなかった。マン・ターゲットの顔面を狙《ねら》えば、首から上に銃弾を当てることはできた。胸部を狙ったのに、腿《もも》に命中するということはなかった。

マガジンが空になった。弾切《たまぎ》れだ。五十発入りの弾箱には実包が残っていたが、浅倉は訓練を切り上げることにした。

シューティング・ブースの上には、硝煙《しょうえん》がたなびいている。足許《あしもと》には、夥《おびただ》しい数の薬莢《やっきょう》が散っていた。

浅倉はゴーグルとイヤープロテクターを外し、体ごと振り向いた。

「乾、寄り道させて済まなかったな」

「どうってことないっすよ。ついでにおれもシューティングしてみたけど、射撃術はほとんど上達してないな。宮内さんのアドバイス通りに肩や腕の力を抜いてるんすけどね」

「そのうち腕は上がるだろう」

「そうっすかね。リーダー、もう大丈夫っすか？」

「ああ」

「リーダーは、意外にデリケートだからな」

「意外は余計だろうが？」

「いけねえ、そうっすね。何度も言うっすけど、別にリーダーが悩むことはないっすよ。落合は逃げたい一心で遮断機を潜ったんすから」

「そうなんだが……」

「落合のことはもう忘れたほうがいいっすよ。そうしないと、捜査が進まないでしょ？」

「感傷的な気持ちは振り払うから、安心してくれ」

「薬莢、おれが拾うっす」

乾が椅子から立ち上がった。

「自分でちゃんと回収するよ。おまえはガンロッカーを開けて、捜査中に携行する拳銃を選んどけ」

「まだ丸腰でも平気でしょ？　捜査対象者《マルタイ》は堅気《かたぎ》ばかりだから」

「そうなんだが、事件の加害者が犯罪のプロを雇った可能性もあるじゃないか」

「そうっすね」

「おれも、後でハンドガンを選ぶよ」

浅倉は言った。

乾が奥のガンロッカーに向かう。浅倉は屈《かが》み込み、薬莢を拾い集めはじめた。特製のごみ袋を所定の場所に置き、ガンロッカーの前に立つ。

乾は、まだ拳銃を選び終えていなかった。

「何を迷ってるんだ？」

「もう厚手の上着やコートを羽織《はお》ることはないっすよね。ショルダーホルスターにすべきか、インサイドホルスターにすべきか決めあぐねてるんすよ。どっちのほうがシルエットがすっきりするかと迷ってるんす」

「その体型なら、どっちも変わらないよ」

「言ってくれるっすね」

「乾、早くどっちかにしろ」

浅倉は笑顔で急《せ》かした。乾がインサイドホルスターを選び、デトニクスを手に取った。アメリカ製のポケットピストルだ。

乾はインサイドホルスターをスラックスの内側に装着し、装填《そうてん》済みのデトニクスをホルスターに収めた。

「リーダー、電子麻酔拳銃とテイザーガンを車に積んどいたほうがいいんじゃないっすか」

「そうだな。乾、そうしてくれ」

浅倉は命じた。

電子麻酔拳銃は引き金を絞ると、強力な麻酔薬を含んだダーツ弾が発射される仕組みになっていた。その先端は鏃《やじり》のような形状だ。

ダーツ弾が的《まと》に命中すると、自動的に約二十五ミリリットルの全身麻酔薬キシラジンが体内に注入される。個人差もあるが、人間は十数秒で意識を失う。羆《ひぐま》やライオンでも、一分以内には昏睡《こんすい》状態に陥《おち》いる。

有効射程は、およそ二百メートルだ。火薬はまったく使われていない。したがって、銃声は轟《とどろ》かなかった。FBIが開発した特殊銃だ。弾倉《マガジン》には七発のダーツ弾が収まる。

テイザーガンは引き金を絞っている間、強力な電流が放たれる構造になっていた。威力のある武器だ。

被弾した人間がレスラー並の巨漢でも、呆気《あっけ》なく倒れる。反撃する気はあっても、体が動かない。

アメリカの警察官は、たいがいテイザーガンを携行している。それだけ凶悪な犯罪者が多い。日本では使用が禁じられている。ただ、武装捜査班は特別に携帯することが認められていた。といっても、非合法だ。

「一応、二着の防弾・防刃胴着《ボディー・アーマー》も車に積んでおいてくれ」

「了解っす」

乾が横に移動し、別のスチールロッカーの扉を開けた。

ボディー・アーマーの主な材料は、強靭《きょうじん》なアラミド繊維だ。それも三層に織《お》り込んである。四十四口径マグナム弾でも貫通する心配はなかった。

従来の防弾・防刃胴着《ぼうじん》は刃物に弱い。その欠点を補ったのが、ナイロンの小片を重ねた鎧状《よろいじょう》の頑丈《がんじょう》な網だ。網の下は厚さ五ミリの特殊ゴム層になっている。

あらゆる刃物を撥《は》ね返す。大鉈《おおなた》や斧《おの》でも裂《さ》けることはない。チームが用《もち》いているボディー・アーマーは特注品で、三・四キロと軽い。

浅倉は上着を脱いで、手早くショルダーホルスターを装着した。すぐにジャケットも羽《は》織《お》り、並んだ拳銃の中からグロック32を選び取った。

オーストリア製の小型拳銃だ。全長は、わずか十七センチ四ミリしかない。

浅倉は銃把《グリップ》からマガジンを引き抜いた。複列式弾倉《ダブルコラム・マガジン》には、十五発の実包が詰まっている。

マガジンは十、十三、十五発用の三種がある。メンバーは必要に応じて、マガジンを使い分けていた。スライドを引いて初弾を薬室《チャンバー》に送り込んでおけば、それぞれフル装塡数《そうてん》は一発プラスされる。

浅倉はダブルコラム・マガジンを銃把《グリップ》の中に戻し、グロック32をホルスターに突っ込んだ。すぐ近くで、乾が大きな布製バッグに電子麻酔銃、テイザーガン、二着のボディー・

アーマーを詰めていた。

「間もなく正午になるな。乾、どこかで昼飯を喰ってから、『広尾グランドパレス』に行こう」

「了解っす。波多野安寿は今朝《けさ》、パトロンの落合が死んだことを知ってるんすかね」

「多分、テレビのニュースで知っただろう。ショックを受けて、聞き込みには協力してくれないかもしれないな」

「そうだったら、原専務にダイレクトに揺さぶりをかけましょうよ。原はマーガレット・ミッチャムというオーストラリア人をセックスペットにしてる。その弱みにつけ込めば……」

「あっさり食材納入業者たちからバックリベートを貰ってたことを認めるかな？」

「認めるんじゃないっすか。キックバックの件まで警察に知られたんなら、もうシラは切れないと思って……」

乾が言った。

「狡《ずる》い生き方をしてきた人間は、そんなにやわじゃないだろうが？」

「そうっすかね」

「少しぐらい揺さぶっても、原利夫はリベートと栗毛の愛人《レコ》のことはとことん空とぼけるだろうな」

「そうなら、せめて傍証でも摑まないと、口を割らせることはできないかもしれないっすね」

「だから、原に迫る前に赤坂の『シルキー』でホステスをやってた波多野安寿に会っておきたいんだよ。安寿に会えたら、おれは懐に忍ばせたICレコーダーの録音スイッチをこっそり押す」

「安寿が何も知らない振りをしたら、おれ、デトニクスをちらつかせるっすよ。そうすれば、口を割る気になるでしょ?」

「そういう手で女をビビらせるのはまずいな。乾、おれたちはいろいろ反則技を使ってるが、ヤー公じゃないんだ」

「そうっすね。なら、リーダーと二人で安寿をイカせちゃう? おれが先に安寿をイカせるから、リーダーは動画撮影してくださいよ。リーダーの番がきたら、今度はおれが撮るっすよ」

「おまえ、正気なのか⁉」

浅倉は目を剝《む》いた。

「リーダー、いつから冗談が通じなくなったんす?」

「殴るぞ、この野郎」

「えへへ。つまらない冗談だとは思ったんすけど、リーダーに早くいつも通りになってほしかったんでね」

「もう落合の件で変に思い悩んだりしないよ。それより、安寿は旅行に出てるのかもしれないな」

「とにかく、広尾の高級賃貸マンションに行ってみましょうよ。案外、波多野安寿は自宅にいるかもしれないんで」

「そうだな。ここを出よう」

「ええ」

乾が床から布製の大きなバッグを持ち上げた。

ちょうどそのとき、立花班長から浅倉に電話がかかってきた。

「落合久志が電車に轢かれて死んだことは浅倉君の今朝《けさ》の報告通りと信じてるが、荏原署に密告電話があったらしいんだよ。少し前にそのことを別働隊の隊長から聞いたんだ」

「密告電話の内容を教えてください」

「わかった。落合は誰かに追われてて、遮断機の下《お》りてる踏切の中に入ったと言ったらしい。密告者は追っ手をはっきりと目撃したと言ってから、人相着衣《ニンチャク》について詳しく話したというんだよ」

「そうですか」

「それでね、落合を追っていた三十七、八歳の男の特徴が……」

「おれにそっくりなんでしょう？」

「そうらしいんだよ。気を悪くしそうだが、浅倉君、確認させてくれないか。きみは、落合を追いかけてたわけじゃないんだな？」

「電話で班長に報告した通りです。おれは踏切の手前で落合久志を呼び止めて、エルグランドの中で事情聴取しようと思ったんですよ」

「そういう話だったね」

「落合は例のバックリベートの件で調べられたくなかったんでしょう。警報が鳴り響いてるのに、遮断機を潜り抜けて線路の向こう側まで一気に走り抜けるつもりだったんだろうな」

「踏切を渡りきらないうちに、近づいてきた電車に撥ね飛ばされて運悪くレールの上に落ちてしまったんだね。そして、電車に轢かれて命を落とした」

「こっちは、この目でちゃんと見てたんです。報告したことに偽《いつわ》りはありません」

「そうか。わたしは、きみの言葉を全面的に信じるよ」

「密告電話をかけた奴はボイス・チェンジャーを使って公衆電話から荏原署に……」

「いや、発信場所は渋谷区内にある電話ボックスだったらしい。残念ながら、発信者の割り出しはまだできてないそうだ」

「そうですか」

「密告者は単なる事故ではなく、落合が誰かに追いつかれそうになったから、警報音を無視して線路の反対側に逃げたと目撃証言したそうなんだよ」

「そうなんですか」

「作り話で、きみを追っ手に仕立てようとしたのは『くつろぎ商事』の原専務かもしれないと推測したんだが、浅倉君はどう思う？」

「班長の筋読み通りでしょうね。おれは原と前日に会ってます。多分、そのときに容姿の特徴を憶《おぼ》えられたんでしょう」

「そうなんだろうか」

「こっちは、まだ香月理恵と田浦拓海には張りついてません。尾行もしてないんで、顔は見られてないはずです」

「となると、きみが落合を追ってたという印象を所轄署に植えつけたかったのは『くつろぎ商事』の原専務なのかもしれないな」

「おそらく、そうなんでしょう。原専務は本事案の支援捜査をしてるおれたちがバックリベートの件を知り、さらに山中殺しの首謀者と見破られたかもしれないと考え……」

「きみが落合を死に追いやったと地元署に思わせることによって、捜査の手が自分に伸びてくるのを少しでも遅らせたいと密告電話をかけたんだろうな」

「ええ、多分。密告電話をかけたと疑える原は、こっちの名前や身分までは荏原署の者に教えてないんでしょう」

「そうだろうね。そんな具体的なことまで喋ったら、原利夫は割り出されてしまう。きみと面識があるのではないかと疑われるだろうからな」

「ええ」

浅倉は短く応じた。

「もう落合の自宅に近づくことはないだろうが、検問はなるべく避けるようにしたほうがいいんじゃないか」

「わかりました」

「落合が事故死したことは、宮内・蓮見班には伝えてあるのかな？」

「立花さんに報告した後、宮内に電話で伝えておきました」

「そう。田浦が三月下旬に周辺の人間から三百万円を借りようとしてたという新事実がわかったという報告だったが、殺人の成功報酬の金策だったんだろうか」

「そう勘繰《かんぐ》れますが、まだ断定的なことは言えません」

「そうだな。その後、宮内・蓮見班からの経過報告はないんだね？」

「ええ」

「仕事が終わるまで、田浦は特に気になる動きは見せなさそうだね。きみらは波多野安寿と接触できたのかな？」

「いいえ、まだです。安寿と接触できたら、班長に報告します」

「そうしてくれないか」

立花が電話を切った。

浅倉は通話内容を乾に話し、秘密射撃場の戸締まりをした。二人は元倉庫ビルを出ると、エルグランドに乗り込んだ。

大井町《おおいまち》のファミリーレストランで食事をしてから、広尾をめざした。波多野安寿の自宅マンションに着いたのは午後二時過ぎだった。

浅倉たちはエルグランドを『広尾グランドパレス』の横に駐《と》め、集合インターフォンに向かった。乾がテンキーを押す。だが、六〇六号室からは何も応答がなかった。どうやら留守らしい。

「車の中で安寿の帰りを待とう」

浅倉は相棒に言って、アプローチを戻り始めた。

3

見通しがよくなった。

少し前に雨が止《や》んだからだ。午後六時を回っていた。

浅倉は『広尾グランドパレス』のアプローチに視線を向けつづけていた。運転席の乾も同じだった。

「この時刻になっても、まだ波多野安寿は帰宅しない。やっぱり、友達か誰かと旅行に出かけたんだろうな」

浅倉は言った。

「ひょっとしたら、浮気旅行に出たのかもしれないっすよ。五、六十代の男の愛人《レコ》になるような女はだいたい金銭欲が強くて、お股も緩《ゆる》いでしょ？」

「そういう傾向はあるようだが、安寿はパトロンの落合と金だけで繋《つな》がってたんだろうか」

「そうなんじゃないっすかね。落合久志は『くつろぎ商事』の経理部長だったわけっすけど、中小企業のオーナー社長みたいに金回りがいいわけじゃありません」

「そうだな」

「バックリベートのお裾《すそ》分けがなかったら、安寿を囲えないっすよ。原専務から一種の口止め料を貰えなくなったら、愛人の面倒なんか見られなくなる。安寿は落合の世話になりながら、もっと財力のあるパトロン探しをしてたんじゃないっすか」

「その相手と温泉地に行ったのかもしれない？」

「ひょっとしたら、そうなんじゃないんすかね。おっさんたちのセックスペットになるような女は強《したた》かで、驚くほど逞《たくま》しいでしょ？」

「ああ、そうだろうな」

「おじさま好きの若い女もいるけど、そういうのは金目当てというよりも相手の性技が忘れられなくなったんじゃないっすか。女好きのおっさんたちはテクニシャンで、性感帯も識《し》り尽くしてるでしょ？」

「だろうな」

「パトロンがそういったテクニシャンだったら、女は銭金抜きで相手とつき合うと思うっすよ。けど、落合はどうだったのかな？」

「若いころから女遊びをしてきたんなら、相当なテクニシャンなんだろう」

「落合が女を蕩《とろ》かす性技をフル活用してるんだったら、波多野安寿は別の男に抱かれる気にはならないでしょう。でも、ただの勤め人がそこまでテクニシャンだとは思えないっすね。安寿は、金のある野郎と浮気旅行に出た気がするな」

乾が言って、ペットボトルの緑茶を喉《のど》に流し込んだ。

浅倉も喉が渇《かわ》いていた。缶コーヒーのプルトップを引きかけたとき、上着の内ポケットでポリスモードが着信音を発した。私物のスマートフォンも持っていたが、マナーモードにしてあった。

浅倉は、刑事用携帯電話《ポリスモード》を手早く摑み出した。ディスプレイを見る。発信者は美人刑事の玲奈だった。

「何か動きがあったようだな」

「はい。職場を出た田浦拓海がタクシーで目黒駅近くまで行って、『磯富《いそとみ》』という活魚料理の店に入ったんですよ」

「そこは高級そうな店なのか？」

「いいえ、大衆向けの居酒屋よりも少しだけ店の構えが立派なだけです。店の中をちょっと覗《のぞ》いてみたんですけど、対象者《マルタイ》は小上がりの卓に向かってました。ひとりでしたので、誰かと落ち合うことになってるんだと思います」

「多分、そうなんだろうな。香月理恵と待ち合わせをしてるんだろうか。あるいは、別の誰かと……」

「どちらとも考えられますよね」

「理恵以外の者と田浦が会ったら、その相手の素姓を突きとめてくれ」

「宮内さんかわたしが変装用の眼鏡をかけて店に入って、田浦たちの会話を盗み聴《ぎ》きします」

「いや、そうしないほうがいいな。田浦が山中殺しに絡んでたら、警戒心を強めてるだろう。慎重に動いたほうがいいな」

「わかりました」

「店に現われるのが理恵だったら、二人を尾行してみてくれ。正体不明の人物と落ち合うようだったら、そいつの身許を割り出してくれないか」

「了解です。ついさっき立花班長から、荏原署に密告電話があったことを聞きました」

「そうか」

「でたらめな目撃証言を匿名《とくめい》で荏原署に教えたのは、原専務でしょうね。宮内さんも、そう推測してます」

「その読みは正しいと思うが、まだ断定はできない」

「ええ、そうですね。原利夫は経理部長の落合が事故死したので、ほっとしたんでしょうけど、食材納入業者からバックリベートを受け取ってることを警察関係者に知られたかもしれないと考えて密告電話を荏原署にかけたんじゃないのかしら？」

「そうなんだろうな」

「リーダー、まだ波多野安寿は外出先から戻ってこないんですね？」

「そうなんだよ。きょうも空振りに終わるかもしれないな。田浦の動きを探りつづけてくれ」

浅倉は電話を切って、玲奈から聞いた話を乾にかいつまんで伝えた。

それから十数分後、『広尾グランドパレス』に一台のタクシーが横づけされた。降り立ったのは派手な顔立ちの女だった。二十代の後半だろう。やや大きめのバッグを持っている。ブランド品だった。

「安寿が帰宅したようだ」

浅倉は相棒に言って、先にエルグランドの助手席から離れた。乾が運転席を出て、車を回り込んでくる。

タクシーが走りだした。安寿と思われる女性は、マンションのアプローチに向かった。

浅倉たちは歩度《ほど》を速《はや》めた。

二人の靴音が耳に届いたらしく、女が振り返った。浅倉は懐《ふところ》のICレコーダーの録音スイッチを押し込んでから、頭を軽く下げた。

「警視庁の者です。確認させてもらいたいんですが、波多野安寿さんですよね？」

「ええ、そうです」

「こっちは浅倉、連れは乾といいます。四月六日に発生した殺人事件の支援捜査をしてるんですよ」

「被害者の方はどなたなんです？」

「『くつろぎ亭』の野方店の店長だった山中啓太という男性です」

「その方はまったく知りません。なのに、なぜ……」

「あなたが被害者と会ったこともないことはわかっています。波多野さん、あなたは『くつろぎ商事』の落合経理部長と親しくされてましたよね？」

「わたし、以前、赤坂の『シルキー』というクラブで働いてたんですよ。そのころ、落合さんはよく指名してくれてました。お店のお客さんでしたが、ホステスを辞めてからお目にかかってません」

「無駄な遣《や》り取《と》りは省《はぶ》きましょうよ。あなたが落合久志さんの愛人だったことはわかってるんだ。六〇六号室の家賃を落合さんに払ってもらって、毎月百数十万円の手当を貰ってたんでしょ？」

「そこまで調べられてたわけ。ええ、そうですよ。だから、何なの？」

安寿が開き直った。ふてぶてしい笑みを浮かべている。

「きのうから留守だったようだね」

乾が口を開いた。

「ちょっと甲府《こうふ》の実家に戻ってたんですよ」

「そうなのかな。案外、パトロンに隠れて浮気旅行をしてたんじゃないかと……」

「失礼なことを言わないでよ。父親がきのうの朝、心筋梗塞《しんきんこうそく》で緊急入院したのよ。母からそういう電話がかかってきたので、わたし、帰省《きせい》してたんですっ」

「冗談を言ったつもりだったんだけど、まともに受け取られちゃったか。で、お父さんの病状はどうなんす？」

「一命は取り留《と》めたんだけど、三週間ぐらいは入院が必要だって。入院中にカテーテルで、何カ所か狭くなった血管をステントで膨らませるらしいの」

「とにかく、よかったっすね」

「ええ」

安寿が応じて、浅倉に訝《いぶか》しげな顔を向けてきた。

「その殺人事件にわたしが関与してるはずないのに、どうして……」

「自宅マンションで刺殺された山中さんは『くつろぎ商事』から長時間労働を強《し》いられ、軽度のうつ病と診断されたんですよ。デートをする時間もなかったので、交際してた女性にフラれちゃったんです」

「そうなの」

「他の店長が三人も相次いで過労死したこともあって、山中さんは労働者支援組織の支援を受け、スタッフの増員を運営会社に求めたんですよ。しかし、労務担当の原利夫専務は顧問弁護士を介して団体交渉の要求を拒みました」

「それで？」

「山中さんはあるフリージャーナリストに協力してもらって、『くつろぎ商事』はブラック企業だと内部告発する準備をしてた。その矢先、山中さんは何者かに殺害されてしまったんですよ」

「警察は『くつろぎ商事』の関係者を疑ったのね？」

「ええ、そうです。しかし、会社の役員や顧問弁護士にはそれぞれアリバイがありました。誰も実行犯ではなかったんですが、誰かが第三者に山中啓太さんを始末させたという疑いは残ったままなんです」

「だけど、会社の関係者がチェーン店の店長の口を封じたくて、殺し屋を雇うなんてことは考えられないでしょ？」

「常識的に考えれば、そこまではやらないでしょうね。しかし、殺された山中さんは原専務の背任横領を嗅《か》ぎつけたようなんです」

「背任横領って？」

「原専務は、食材納入業者たちから巧《たく》みな方法でバックリベートを受け取ってた疑いがあります。その背任行為に経理部長の落合さんが手を貸して、分け前というか、口止め料のようなものを受け取ってたと思われるんですよ」

「えっ、そうなの⁉」

「波多野さん、よく考えてみてください。落合さんは『くつろぎ商事』の役員のひとりだったわけじゃない。自分のポケットマネーで『シルキー』に通い、お気に入りだった波多野さんを愛人として囲えると思いますか？」

「実家が資産家みたいなことを言ってたけど……」

「これまでの捜査で、そういう事実は確認されていません」

「そう」

「波多野さん、知ってることをすべて話してくれませんか。あなたはパトロンの落合さんが原専務の背任横領に加担してたのを知ってたんでしょ？」

「彼は、落合さんはわたしと一緒にいるときは仕事のことは一切《いっさい》話さなかったの」

「パトロンが今朝《けさ》、電車に轢かれて死んだことはもう知ってるんでしょ？」

「ニュースで知って、びっくりしました。それで、落合さんの会社に電話したの。電話を取ったのは、故人が目をかけてた君塚という男性社員でした。落合さんが亡くなったというニュースに間違いはなかったわ」

「ショックだったろうな」

「涙が涸《か》れるまで泣きましたよ。いわゆる不倫の関係だったわけだけど、彼にはいろいろよくしてもらったのでね」

安寿が言葉を詰まらせ、下を向いた。浅倉たちは、どちらも質問を控えた。

「落合さんは、もうこの世にいないんすよ。あんたが知ってることを喋っても、裏切り者と罵《ののし》られることはない。だから、協力してもらいたいっすね」

ややあって、乾が先に沈黙を破った。

「でも……」

「犯罪者たちを庇《かば》いつづけたら、あんたも罰《ばっ》せられることになるかもしれないっすよ。それでもいいんすかっ」

「わ、わたしを威《おど》してるの⁉」

　安寿が顔を上げ、乾を睨《にら》みつけた。

「威したわけじゃありません。そうなる可能性もあるって教えてやったんだ。空とぼけつづける気なら、おれたちもおとなしくしてないすよ」

「わたしをどうする気なのよっ」

「気が強《つえ》えな。とりあえず、公務執行妨害で手錠《ワッパ》掛けるか、あんた、さっき膝頭でおれの股間《こかん》を蹴り上げたでしょ！　もろに急所を蹴られたんで、一瞬、意識が霞《かす》んだよ」

「な、何を言ってるの⁉　わたし、そんなことしてないでしょうが！」

「いや、した！　バッグをいったん下に置いて、両手を前に出してもらおうか」

　乾が右手を腰に回し、手錠を引き抜く真似《まね》をした。安寿が顔を強張《こわば》らせ、後ずさった。

「半分冗談ですよ。しかし、半分は本気です。連れは波多野さんに忠告したんですよ」

　浅倉は静かに言った。

「逮捕されちゃうのかもしれないと思って、わたし、ビビったわよ。驚かさないで」

「その気になれば、もっともらしい罪名で波多野さんを連行することもできるんですよ。しかし、そういう反則技はあまり使いたくありません。知ってることは素直に教えてくれないか」

「そう言われても……」

「原専務は山中さん殺しに絡んでた疑いがあるんですよ。専務が被害者にバックリベートの件を知られて、山中啓太さんを誰かに殺《や》らせたんだったら、あなたの面倒を見てた落合さんも間接的に殺人事件に関与してたってことになるでしょう」

「えっ、そうなっちゃうわけか」

「波多野さんに渡されてた月々の手当百数十万は、原利夫が食材納入業者たちから吸い上げた金なんでしょう。はっきり言ってしまえば、汚れた金だね」

「落合さんが何らかの方法で給料以外のお金を得てるとは思ってたけど、専務の不正の手助けをしてるとはまったく知らなかったのよ。嘘じゃないわ」

「あなたのパトロンは食材を納めてる業者たちに高級クラブや料亭に招かれて、カントリークラブでも接待されてたようですね。あなたもパトロンと一緒に有名ゴルフ場のコースを回ったことがありそうだな。どうなんです？」

「ううん、わたしは……」

安寿が狼狽《ろうばい》し、目を泳がせた。

「図星だったらしいね。観念して白状したほうがいいよ」

「原専務の都合がつかないからと落合さんに強く誘われて、仙石原《せんごくはら》や川奈《かわな》の名門ゴルフ場のコースをそれぞれ数回ずつ回ったことがあります」

「接待ゴルフの招待主は？」

「わたしが喋ったと言わないでくださいね」

「いいでしょう」

「招待主は、『くつろぎ亭』に牛肉、豚肉、鶏肉を大量納入してる『平安《へいあん》ミート』の古沢《ふるさわ》勇《いさむ》社長です。食材納入業者の中では最も取引高が多いらしいんですよ。そんなことで、原専務と落合さんはいろいろ接待されてたようね。二人の家族も海外旅行に招待されてたみたいよ」

「そう。専務は精肉業者からだけではなく、他の食材納入業者のほとんどにリベートを要求してたんだろうな。経理部長をキックバックの受取人にしてね。あなたのパトロンは汚れ役を引き受けて、リベートの何割かを原専務から貰ってたんでしょう」

「そのへんのことはわからないけど、古沢社長が必ずゴルフコンペに自ら参加して、ゲストに賞品を手渡してたわ。落合さんは麻雀《マージャン》でも、だいぶ勝たせてもらったみたいよ。あっ、いけない。賭《か》け麻雀は違法だったわね」

「賭け麻雀なんか問題視しませんよ。追及したいのはバックリベートの件です」

「ええ、そうでしょうね」

「パトロンが事故死したんで、あなたも優雅な愛人生活を送れなくなっちゃったわけだ。どうするつもりなんです？」

「家賃の安いマンションに移って、銀座か六本木で働こうと思ってるの。昔のホステス仲間がスポンサーを見つけて、それぞれクラブを持たせてもらってるんですよ。ミニクラブなら、チーママで雇ってもらえそうだから、小さな店で働くことになると思うわ」

「そのうち、いいパトロンが見つかるかもしれないな」

「それを狙って、夜の仕事にカムバックしようと決めたの」

「女性は勁《つよ》いな」

「そうね。男よりも、ずっと逞《たくま》しいと思うわ。うふふ」

「そうだろうね。ご協力に感謝します」

浅倉は礼を述《の》べ、踵《きびす》を返した。アプローチを引き返しながら、上着の内ポケットに手を入れてＩＣレコーダーの停止ボタンを押す。

後ろから従《つ》いてきた乾が先にエルグランドに乗り込んだ。浅倉は助手席に坐るなり、ノートパソコンを開いた。『平安ミート』のホームページを覗く。

本社は千代田区神田錦町《ちよだくかんだにしきちょう》二丁目にあり、支社が名古屋《なごや》と大阪《おおさか》にあった。工場は本州に十五もある。会社概要によると、五十二歳の古沢勇は二代目社長だった。先代社長は、すでに他界している。社員数は六百三十数人だった。

「社長はもう会社にいないかもしれないが、これから神田の本社に行ってみよう」

浅倉は、開いたノートパソコンを乾に渡した。乾はディスプレイの文字を読み終えると、慌《あわ》ただしく車を発進させた。

『平安ミート』の本社ビルに着いたのは二十五、六分後だった。

社屋は十二階建てで、モダンな造りだ。強化ガラスが多用されていた。受付カウンターは無人だったが、首尾《しゅび》よくエントランスロビーに三人の男性社員がいる。仕事の話をしていた。

浅倉は素姓を明かし、古沢社長との面会を求めた。三人のうちのひとりが、最上階にある社長室に案内してくれた。

浅倉たちは社長室に入った。

古沢社長は正面の桜材の机に向かい、書類を読んでいた。頭は禿《は》げ上《あ》がり、でっぷりと太っている。子供のころから高級な肉をたらふく食べてきたせいだろうか。

浅倉と乾は警察手帳を見せ、それぞれ姓だけを名乗った。

「食肉用の牛や豚は数えきれないほど眠らせてきたけど、まだ人間は殺してないがな。なんの聞き込みなんです？」

古沢がアーム付きの椅子から立ち上がって、ソファセットの横で立ち止まった。その目は浅倉に向けられていた。

「四月六日の夜、野方署管内で殺人事件が発生しました。被害者は『くつろぎ亭』の野方店で店長を務めてた山中啓太です」

「そういえば、そんな事件があったな。しかし、わたしはもちろんのこと、社員たちも事件には関わってませんよ」

「それはわかっています」

「ま、坐りましょう」

「はい」

浅倉は出入口寄りのソファに腰かけた。乾がかたわらに坐る。

古沢社長は浅倉の正面に腰を落とした。浅倉は懐からICレコーダーを取り出し、コーヒーテーブルの上に置いた。

「いったい何の真似《まね》だっ」

古沢が顔をしかめた。

「口で説明するよりも、録音音声を聴《き》いてもらったほうが早いでしょう」

「ど、どういうことなんだ⁉」

「お訪ねした理由はすぐわかりますよ」

浅倉は再生ボタンを押した。すぐに音声が流れはじめた。

「聞き込みを受けてるのは、落合経理部長の彼女の波多野安寿さんだね?」

「そうです。黙って最後まで聴いてくれませんか」

「わかったよ」

古沢が腕を組んで、目を閉じた。

社長室に録音音声が響きつづけた。浅倉は古沢の観察を怠《おこた》らなかった。古沢の眉根《まゆね》がだんだん寄り、額の縦皺《たてじわ》が深くなった。

やがて、音声が熄《や》んだ。古沢が組んだ腕を解《と》き、瞼《まぶた》を開けた。

「原専務にリベートを要求されて、精肉の代金の一部を『くつろぎ商事』の口座に戻してたんですね？」

「そうじゃない。代金の請求額を間違えて高くしてしまったので、差額分を返してたんだよ」

「そんな嘘が通用するほど警察は甘くありません」

浅倉はせせら笑った。古沢が早口で訴える。

「わたしが言ったことは本当なんだ」

「表向きはそういうことにして代金の一部を取引先に振り込み、経理部長の落合がうまく伝票操作をして、現金化した差額分を専務の原に手渡してたんでしょ？　そして、落合はその何割かを謝礼として貰ってたんですよね！」

「落合さんは、そんなことしてないだろう。そもそも原専務に売掛金の一部をキックバックしてくれなんて頼まれたことはない。ああ、ないんだ」

「原と落合を庇《かば》いつづけるなら、本庁捜査二課の知能犯係が内偵捜査を開始することになりますよ。そうなったら、原専務と食材納入業者の癒着《ゆちゃく》ぶりが表面化して、マスコミに派手に書きたてられるでしょう」

「そうっすよね。『くつろぎ亭』だけじゃなく、食材納入業者も社会的な信用を失うだろうな。『平安ミート』さんも年商が激減するんじゃないっすか。下手《へた》したら、倒産しちゃうだろうな」

乾が止《とど》めを刺した。古沢が溜息をついてから、聞き取りにくい声で喋った。

「納入業者は立場が弱いんだ。原専務の要求を突っ撥《ぱ》ねたら、たちまち取引停止になるだろう。だから、仕方なく代金の十五パーセントを会社に戻してたんだよ。それでも儲《もう》けがあるんで、要求されるままに……」

「別の食材納入業者もリベートを払わされてたんですね？」

浅倉は確かめた。

「それは間違いないよ。毎年、食材納入業者が親睦《しんぼく》を図る目的で新年会をやってるんだが、各社の経営者がリベートを代金の十パーセントに下げてほしいとぼやき合っていたから」

「原は専務になってから、バックリベートを要求してたんですか？」

「そう、五年前からね。副社長や社長は知らないと思うが、チェーン店の各店長クラスは薄々、専務が出入り業者からリベートを貰ってることには気づいてたんだろう」

「そうだとすると、野方店の店長だった山中さんがそのことを切札にして、原に団体交渉原は不正が暴かれたら、破滅することになる。それだから、誰かに山中啓太さんを始末させた疑いもあるわけだ」

「追いつめられたからって、そこまでは考えないだろうが？」

「いや、わかりませんよ。古沢さん、落合は原から分け前みたいなものをどのぐらい貰ってたんでしょう？」

「そこまではわからないが、原専務は納入業者に自分だけではなく、落合部長の労も犒《ねぎら》ってくれと言ってた」

「原は総額でリベートをいくら貰ってたんです？　一億以下ってことはないでしょうね」

「五年間だから、数億円は懐に入ってただろうな」

「だから、マーガレット・ミッチャムという元モデルのオージー娘をセックスペットにできたのか」

「警察はそんなことまで調べ上げてたのか⁉」

古沢は驚きを隠さなかった。

「日本の警察を軽く見ないほうがいいですよ」

「そうだな。あっ、今朝《けさ》亡くなった落合部長は事故を装《よそお》って原専務に葬《ほうむ》られたんじゃないのかね？」

「それはありえません。落合久志が事故で死んだことは間違いありませんので」

「そう。わたしたち納入業者はどうなるんだ？　商売のことを考えて袖の下を使ったわけだが、ある意味ではその会社も被害者なんだから、その点を考慮してくれないか」

「納入業者をどうするかは、上司に判断を委《ゆだ》ねることにします。ただ、原に何か注進したら、重い処分を受けることになるでしょう」

「専務に告げ口なんかしないよ。だから……」

「お邪魔しました」

浅倉は古沢の言葉を遮《さえぎ》って、相棒の脇腹を肘《ひじ》でつついた。

4

相棒がエルグランドのエンジンを唸《うな》らせた。

浅倉は助手席に坐るなり、懐からポリスモードを取り出した。『平安ミート』の本社前だった。

「原専務は、もう会社にいないんじゃないっすか。今朝《けさ》、経理部長の落合が事故死したばかりっすから」

「だろうな。もう千駄ケ谷《せんだがや》の自宅に戻ってるかもしれないが、落合の急死にそれほどショックは受けてないんじゃないか。原専務は落合をうまく利用してただけとも考えられるからな」

「そうっすね。案外、マーガレット・ミッチャムのとこに行って、いちゃついてるのかもしれないっすよ」

「『くつろぎ商事』に偽電話をかけて、原の居所を探ってみよう」

浅倉は捜査資料で代表番号を確認してから、原の職場に電話をかけた。夜間だからか、電話は交換台に繋《つな》がった。

「グルメ雑誌の編集部の者なんですが、専務室に電話を回していただけますか」

「少々、お待ちください」

交換手の声が途絶《とだ》えた。十数秒待つと、若い女性の声が浅倉の耳に届いた。

「お電話、替わりました。わたくし、専務秘書の小谷《こたに》です。原はもう社内にはおりません。取材のお申し込みでしょうか？」

「ええ、そうです。実は企画を前倒しして、『飲食ジャーナル』の来月号に『くつろぎ亭』さんのことを取り上げさせてもらうことになったんですよ。パブリシティー記事ではありませんので、御社にもメリットがあると思います」

「ありがたいお話ですね」

「御社が快進撃されているのは、原専務の経営手腕が優《すぐ》れているからでしょう。身勝手な言い分ですが、あまり時間がないんですよ。できるだけ早く専務にお目にかかりたいんです。原専務は、現在どちらにいらっしゃるんでしょう？」

「きょうの朝、社員のひとりが急死したもので、その者の自宅を弔問《ちょうもん》してから帰宅する予定になっています」

「それでは、後《あと》で専務のご自宅に伺《うかが》ってみます」

「そうですか。失礼ですが、そちらさまのお名前を教えていただけますでしょうか」

専務秘書が言った。

浅倉はありふれた苗字を騙《かた》り、通話を切り上げた。乾に専務秘書から聞いた話を伝える。

「原は落合の死を悲しんでるんじゃなく、遺族に背任のことを誰にも喋らないように口止めしたいんじゃないっすか。で、落合宅を弔問する気になったんだと思うっすね」

「そうかもしれないな。落合の亡骸《なきがら》は行政解剖の必要もないはずだから、すでに荏原署の死体安置所から自宅に搬送《はんそう》されただろう」

「だと思うっす。まだ原は落合の自宅にいるかもしれないっすね。リーダー、先に落合の家《ヤサ》に行ってみます？」

「そうしてくれ」

「了解っす」

乾がエルグランドを走らせはじめた。

車が品川区内に入って間もなく、宮内から浅倉に電話がかかってきた。

「田浦は活魚料理店で、誰と落ち合ったんだ？」

浅倉は先に言葉を発した。

「意外にも、高校時代の同級生でした。丹下隆浩《たんげたかひろ》という名で、物流会社に勤めてる男です。その丹下が先に店を出てきたんで、声《バン》をかけてみたんですよ」

「そうか。それで、何かわかったのか？」

「ええ。丹下は折り入って相談があるって言われたんで、田浦に会ったらしいんです。そうしたら、いきなり五十万を貸してくれないかと言われたそうですよ」

「田浦はなんで金が必要だと友人に訊いたのかな？」

「生活騒音のことで自宅マンションの上の階の入居者とトラブルになったんで、別のマンションを借りたいんだが、金が足りないと言ったようです」

「で、丹下はどうしたんだ？」

「自分も経済的な余裕がないからと言って、借金の申し入れは断ったということでした。そうしたら、田浦は友達甲斐《がい》がない奴だと絡みはじめたらしいんですよ。それだから、丹下は先に店を出たんだと言ってました」

「田浦が横浜のやくざのベンツと接触事故を起こして三百万の示談金を工面しなければならないって件は作り話だろうな。それから、代理殺人の成功報酬を借金で調達した疑いも

「……」

「ないですかね？」

「そう判断してもいいだろう。田浦は馴染《なじ》みの食堂の店主から六十万を借りてるが、その金で少し広い賃貸マンションに引っ越すつもりだったんじゃないのかな。その金の一部を遣《つか》い込んで、足りなくなった分を丹下という友人から借りようとしたんだろう」

「リーダーが言った通りなら、田浦は山中殺しにはタッチしてないんでしょうね」

「そうなんだろう。香月理恵もシロだと思うが、まだ断定はできないな。念のため、もう少し田浦と理恵の動きを探ってみてくれないか」

「わかりました。田浦が店から出てきたら、尾行を続行します。まっすぐ自宅に帰るようだったら、理恵の家《ヤサ》に回ります」

「ああ、そうしてくれ。おれたちは、原利夫が食材納入業者からリベートを貰ってる事実の裏付《ウラ》けを取ったよ」

「そうですか」

宮内が声を弾《はず》ませた。浅倉は、波多野安寿と『平安ミート』の古沢勇社長から決定的な証言を得たことを手短に話した。

「さすがリーダーだな。これから、原専務に迫る予定なんですね。そういうことなら、わたしたち二人も合流したほうがいいでしょ？」

「原の居所《いどころ》がまだ確認できてないんだよ。専務秘書によると、原は落合宅を弔問してから千駄ヶ谷の自宅に戻る予定になってるらしいんだ」

「そうなんですか」

「今夜、原利夫を追い込めるかどうかわからないから、宮内・蓮見班とは別行動を取ったほうがいいだろう。そうしてくれないか。田浦と香月理恵に特に不審な動きがなかったら、おまえらは先に帰宅してもかまわないよ」

浅倉は通話を切り上げ、乾に宮内の報告を話した。

「そういうことなら、田浦と理恵はシロっぽいっすね」

乾がそう呟き、運転に専念した。

それから十分弱で、落合宅に着いた。エルグランドは、落合宅の隣家の生垣《いけがき》に寄せられた。浅倉たちはすぐに車を降りた。乾が落合宅のインターフォンを鳴らす。

少し待つと、玄関から高齢の男性が姿を見せた。七十七、八歳だろうか。

「警視庁の者です。失礼ですが、故人のお身内の方でしょうか？」

浅倉は警察手帳を見せ、相手に問いかけた。

「わたしは、亡くなった久志の母方の叔父です」

「そうですか。ご遺体は、自宅に安置されてるんですね？」

「いいえ。いわゆるワンデー・セレモニーなんで、亡骸は近くのセレモニーホールに安置されてます。久志の家族は全員、そっちにおります。わたしは留守番なんですよ」

「セレモニーホールは、どちらにあるんでしょう？」

「武蔵小山《むさしこやま》駅のそばに『悠々殿《ゆうゆうでん》』というセレモニーホールがあります。そこで、家族葬を営《いとな》むことになってるんですよ」

「そうですか。会社の原専務が弔問に訪れませんでした？」

「いいえ。『くつろぎ商事』の方は、久志の部下だったという君塚という方がお見えになっただけですね。会社の方々は、セレモニーホールに直接行かれたのかもしれません」

「そうなんでしょう。専務もセレモニーホールのほうに行ったんだろうな」

「そうなのかもしれません」

「セレモニーホールに行ってみます。後《おく》れ馳《ば》せながら、お悔み申し上げます」

「ご丁寧《ていねい》に……」

故人の叔父が深く頭《こうべ》を垂れた。

浅倉たちは一礼して、エルグランドの中に戻った。武蔵小山は、目黒駅寄りの隣の駅だ。乾が車を走らせはじめた。

十分そこそこで、『悠々殿』に着いた。五階建てのセレモニーホールだった。浅倉たちはエルグランドを専用駐車場に置き、受付に直行した。

五十代半《なか》ばの男が受付にいた。黒い礼服に身を包んでいる。細身で、暗い印象を与えた。浅倉は素姓を明かし、来意を告げた。落合の遺族は二階の小ホールで、柩《ひつぎ》に納められた故人に対面しているという。

「お取り込み中に気が引けるのですが、奥様の由希《ゆき》さんに確認したいことがあるんですよ。取り次いでいただけますでしょうか」

「わかりました。あちらでお待ちになってください」

受付の男性は一階ロビーのソファセットを手で示すと、すぐにエレベーターに乗り込んだ。

浅倉と乾はソファセットに歩み寄り、相前後して腰を下ろした。ロビーは静まり返っている。人の姿はなかった。
六、七分待つと、エレベーターホールの方から黒いワンピース姿の中年女性がやってきた。落合由希だろう。やつれが目立つ。
浅倉は相棒に目配せして、先にソファから立ち上がった。乾が倣《なら》う。

「落合の妻です。警視庁の方だそうですね？」

「ええ、そうです。浅倉と申します。連れは乾といいます。われわれは、ある殺人事件の支援捜査をしてるんですが、『くつろぎ商事』の原専務を内偵中でして……」

「えっ、専務さんが疑われてるんですか⁉」

「ええ、まあ。原専務はこちらに弔問に訪れました？」

「いいえ、見えてません」

「詳しいことは話せないのですが、専務は食材納入業者たちからリベートを貰ってたんですよ。その背任横領に経理部長だった落合さんは加担してた疑いが濃いんです。奥さんも、そのことに気づいてらっしゃったんじゃないんですか？」

「わたしは……」

「故人の名誉を傷つけるつもりはありませんから、正直に答えていただけませんでしょうか」

浅倉は説得した。

「四、五年前から夫の札入れが膨らむようになりましたんで、何か不正なことをしてるかもしれないという疑念は持っていました。出入り業者の接待を受けて、浮気をしてる様子もありました。でも、わたし、事実を知るのが怖くて……」

「問い質《ただ》すことができなかったんですね？」

「その通りです。わたし、家庭を崩壊させたくなかったんですよ。ごめんなさい」

「専務の原利夫は出入り業者にキックバックさせてたばかりではなく、スタッフ増員を迫ったチェーン店の店長を第三者に殺害させた疑いもあります。そのことで、亡くなった落合さんは奥さんに何か洩らしてませんでした？」

「いいえ、何も聞いておりません」

「そうですか。順序が逆になってしまいましたが、このたびはとんだことで……」

「夫は自宅近くで張り込んでた捜査員に追われて逃げ出し、遮断機を潜ったために電車に撥ねられることになったようですね」

由希が言った。

「誰かがそう言ったんですか？」

「ええ。電話で原専務がそのようなことをおっしゃってたんですよ」

「そうですか」

浅倉は努めて平静に応じた。謎の密告者は原利夫と考えてもいいだろう。宙を舞う落合の姿が浅倉の脳裏に浮かんで消えた。

乾が浅倉の内面を敏感に読み取ったらしく、未亡人に謝意を表した。由希が目礼《もくれい》し、エレベーター乗り場に向かう。

「原は会社から自宅に直帰したようだな。汚れ役を押しつけた落合の弔問もしないとは、冷たい野郎だ。乾も、そう思うだろう？」

「思うっすよ。落合は幾らか専務から謝礼を貰えるだろうと欲を出して悪事の片棒を担《かつ》ぎつづけてしまったんでしょうけど、うまく利用されたんすよね」

「だろうな。原利夫の自宅に行ってみよう」

「了解っす」

二人は肩を並べて『悠々殿』を出て、エルグランドに乗り込んだ。乾が車を千駄ヶ谷に向けた。

目的の戸建て住宅を探し当てたのは、およそ二十五分後だった。原宅の前には、七、八人の男が集まっていた。

「原専務、表に出てきなさいよ」

大声で喚《わめ》いた男の声には、聞き覚えがあった。エルグランドが路肩に寄せられると、浅倉はすぐさま助手席から降りた。

目を凝《こ》らすと、『東京青年ユニオン』の長坂事務局長だった。長坂の周《まわ》りに立っているのは、『くつろぎ亭』のチェーン店の店長たちだった。

「長坂事務局長は偉いっすね。長時間労働を強《し》いられてる若い奴や派遣切りに遭《あ》った連中を全面的に支援することに情熱を傾けてるんすから」

車から出てきた乾が感心したような口ぶりで言った。

「手弁当であそこまでやれる人間は、そう多くないだろう」

「めったにいないんじゃないっすか。長坂克彦は正義の塊《かたまり》なんだろうな。サラリーマン時代に出世コースから外されたことで、正義にめざめて弱者の味方になることにしたんじゃないのかな」

「そうなんだろうが、ちょっとやりすぎじゃないか。原は労務担当の役員だが、『くつろぎ商事』の社長じゃないんだ。長坂が専務の自宅まで押しかけて、団体交渉に応じろと迫るのはルールに反してるよ」

「会社に押しかけても、まともに相手にしてくれなかったんで、やむなく長坂は原専務の自宅に来たんでしょ？」

「そうだったとしても、こんな時刻に押しかけるのは非常識だな」

「確かにね。でも、ただのスタンドプレイじゃないと思うっすよ」

「そうなんだろうか」

浅倉は、何か長坂の行動が不審に思えた。長坂が山中を支援する気になったことはわかる。しかし、バックアップの仕方が度を越していないか。山中だけではなく、長坂も暴漢に襲われている。それなのに、少しも怯《ひる》んでいないようだ。浅倉は、そのことに引っかかった。何か長坂は糊塗《こと》しようとしているのだろうか。

突然、原宅の門扉《もんぴ》が荒々しく開けられた。外に出てきたのは、四十七、八歳の女性だった。原の妻だろう。

「インターフォンを通じて夫はまだ帰宅してないと言ったでしょ！　大声を出されたら、近所迷惑だわ」

「旦那は納戸《なんど》かどこかに隠れてるんじゃないの？　こそこそ逃げ回ってないで、われわれとちゃんと話をすべきだっ」

長坂が声を荒《あら》らげた。

「いい加減にしないと、警察を呼びますよっ」

「本当に旦那は帰宅してないんだね？」

「ええ、そうよ。疑うんだったら、みんなで家の中を隅々《すみずみ》まで検《しら》べてみなさいな」

原の妻がヒステリックに叫んだ。

長坂が周囲の男たちに何か言った。男たちは顔を見合わせ、次々に顎《あご》を引いた。長坂がJR千駄ヶ谷駅に向かって歩きだした。チェーン店の店長と思われる若い男たちが長坂の後《あと》に従う。

原専務の妻が安堵《あんど》した表情で自宅に引っ込んだ。

「奥さんが家捜《やさが》ししてもいいと言ってたから、原専務は本当にまだ家に帰ってきてないようだな。乾、どう思う」

「そうなんだろうね。原は愛人のオージー娘とベッドで娯《たの》しんでるんじゃないっすか」

「マーガレット・ミッチャムの住まいまでは『くつろぎ商事』経理部の君塚に訊かなかったな」

「外国人モデルに精《くわ》しい情報屋がいるんで、おれ、そいつに電話してみるっすよ。多分、マーガレットの住まいはわかると思うっす」

「そうか。とりあえず、車の中に戻ろう」

浅倉は相棒に言って、助手席のドアを大きく開けた。

乾がエルグランドを回り込み、急いで運転席に乗り込んだ。浅倉はセブンスターをくわえた。

第四章　仕掛けられた罠《わな》

1

エルグランドは閑静《かんせい》な住宅街に入った。世田谷《せたがや》区上用賀《かみようが》五丁目である。マーガレット・ミッチャムの住まいはこの近くにあるはずだ。

助手席に坐った浅倉は、通りの左右に目を向けはじめた。家々の門灯が点き、表札の文字は読み取れる。相棒の乾が知り合いの情報屋から、原専務の愛人の自宅の住所を聞き出したのだ。元モデルのオーストラリア人は戸建て住宅に住まわせてもらっているらしい。

「おそらく原は、愛人宅にいると思うっすよ。経理部長が事故死したっていうのに、どういう神経してるんすかね」

乾がエルグランドを運転しながら、吐き捨てるように言った。

「原は別に落合に目をかけてたわけじゃなく、単に利用しただけなんだろう。その証拠に、原は故人の自宅にもセレモニーホールにも顔を出してなかったじゃないか」

「ええ、そうっすね」

「出世欲の強いサラリーマンは、平気で同僚や部下を使い捨てにする傾向がある。原専務は現在のポストに就《つ》くまで、多くの人間を踏み台にしてきたにちがいないよ」

「そうなんだろうな。原は専務まで出世したのに、なんで食材納入業者たちからバックリベートを貰う気になったんすかね？」

「大企業の役員よりも年収はずっと少ないだろうし、接待交際費もふんだんに遣《つか》えるわけじゃないんだろう」

「でしょうね。金の魔力に負けちゃったんだろうな、原利夫は。金があれば、セクシーな美女も囲える。現に専務は、日本語が達者なオーストラリア人女性をセックスペットにしてるっす」

「そうだな。日本人の男の多くは、なんとなく白人女性に憧《あこが》れてる。だが、総じて彼女たちは肌理《きめ》が粗《あら》いし、羞恥心《しゅうちしん》も強くない」

「おれ、白人娼婦と遊んだことがあるんすよ。でも、セックス観が日本人女性とまるで違うんで、幻滅《げんめつ》したっすね」

「乾、話が脱線してるな」

浅倉は苦笑した。

その直後だった。左の脇道から、大型バイクが急に走り出てきた。ホンダの四百ccバイクだった。ライダーは黒いフルフェイスのヘルメットを被り、同色のオートバイ・ジャンパーを羽織《はお》っている。

乾が急ブレーキを掛けた。

タイヤが軋《きし》み音をたてる。浅倉は前にのめり、危《あや》うくフロントガラスに額《ひたい》をぶつけそうになった。

「ばかやろう！」

乾がホーンを響かせ、パワーウインドーを下げた。

そのとき、単車に打ち跨《また》がっている男がベルトの下から拳銃を引き抜いた。型《タイプ》まで見えなかったが、リボルバーではない。

「車でバイクを弾《はじ》け！」

浅倉は部下に命じ、左脇に吊《つ》るしてあるホルスターに手をやった。グロック32の銃把《グリップ》を握り、助手席のドア・ロックを外す。

乾が車を急発進させた。

ライダーが焦《あせ》ってハンドルバーを左に切り、スロットルを開いた。ホンダのバイクは勢いよく走りだした。

「追跡するっすね」

「車間距離を詰めて、追突するんだ」

浅倉は指示した。乾がスピードを上げる。

車間が縮まると、バイクは脇道に入った。ふたたび距離が大きくなる。ライダーはホンダを巧みに操《あやつ》り、裏通りを目まぐるしく右左折した。

逃げる男は発砲できたはずだ。しかし、引き金を絞らなかった。

罠を仕掛けたようだ。ライダーはエルグランドを人気《ひとけ》のない場所に誘い込み、追っ手の二人に何か危害を加える気なのだろう。

「バイクで逃げてる野郎は、原専務に雇われた殺し屋《プロ》なんじゃないかな」

乾がステアリングを捌《さば》きながら、緊迫した表情で言った。

「だとしたら、原は第三者に山中啓太を殺《や》らせたんだろう」

「そう考えられるっすけど、おれたちのチームが専務を重要参考人と目《もく》しはじめてることをなぜ知ってんすかね？」

「おれと蓮見は原専務に会ってるが、武装捜査班のメンバーであることは明かしてない」

「そうっすよね。まさか警察関係者が、原にチームの支援捜査のことをリークしたんじゃないだろうな」

「いや、それはないだろう。おれたちのチームのことを知ってるのは、ごく限られた者だけだからな」

「そうなんすけど、金に目が眩《くら》んじゃう人間だっているでしょ？　仲間を疑いたくはないっすけど、別働隊のメンバーの中に原利夫に抱き込まれたのがいるんじゃないっすかね。そうなら、リーダーやおれだけじゃなく、宮内さんや蓮見も命《タマ》を狙《ねら》われるんじゃないっすか。場合によっては、立花班長と橋爪刑事部長もね」

「乾、冷静になれよ。警察関係者が『くつろぎ商事』の役員の誰かに武装捜査班《うち》の隠れ捜査のことをリークするなんてことは考えられない」

「そうっすかね。どうして専務はおれたちチームに捜査をつづけさせたら、危《ヤバ》いことになると思ったんす？　その謎が解けないっすよ」

「バイクの男を雇ったのが原だとしたら、勘を働かせたんだろうな」

浅倉は言った。

「どういうことなんすか？」

「本事案が発生してから約一カ月半が経《た》ってるが、まだ容疑者の特定には至ってない」

「ええ、そうっすね」

「再聞き込みに現われた刑事二人、つまり蓮見とおれが正規の捜査本部のメンバーではないことで、原は自分が疑われてると直感したのかもしれないぞ」

「なるほど、そういうことっすか。原は山中殺しの主犯なんで、おれたち支援メンバーを始末しておかないと、捜査本部《チョウバ》が動きだすだろうと判断したんっすね？」

「そう考えてもいいだろうな。警察は縄張り意識が強いから、おれたち支援捜査員が手柄をチームで立てたいと願ってるだろうと原専務は踏んだんじゃないか」

「そう考えたんなら、原は武装捜査班のメンバー全員を抹殺《まっさつ》する気なんじゃないのかな」

「仮にそうだとしても、先に原を捕まえりゃいいことだ。そうすれば、もうメンバーは誰も闇討《やみう》ちにされる心配はなくなる」

「そうっすね。差し当たって、バイクで逃げてる奴を取っ捕まえましょう」

乾がライトをハイビームに切り替えた。

四百ccバイクは住宅街の中を走り回ってから、近くにある砧《きぬた》公園の際《きわ》に乗り捨てられた。ライダーは幾度も振り返りながら、公園の中に消えた。

やはり、予想通りだった。乾がバイクのそばにエルグランドを停める。

浅倉は先に車を降り、ショルダーホルスターからグロック32を引き抜いた。スライドを滑らせ、初弾を薬室に送り込む。後は引き金を絞れば、銃弾を放てる。

「従《つ》いてこい！」

浅倉は部下に命令し、先に砧公園に走り入った。

広大な園内には、むろん人影はない。

バイクに乗っていた男は、どこにいるのか。広場には樹木が植わっていない。正面の奥と両側に繁《しげ》みが見える。

デトニクスを握った乾が駆け寄ってきた。

「リーダー、逃げ込んだ奴はどっちに向かったんすか？」

「おれが園内に駆け込んだときは、もう姿が見えなかったんだ」

浅倉は答え、両膝を地べたに落とした。それから上体を傾け、右耳を地面に密着させる。乾も同じことをした。

耳を澄ます。

走る靴音はどこからも響いてこない。ライダーは樹木の幹《みき》にへばりついて、息を殺しているのではないか。おそらく、そうなのだろう。

しかし、いつまでも動かないはずはない。バイクの男は、浅倉たち二人を暗い場所に誘い込みたいようだ。

「リーダー、何も聞こえないっすね。一発だけ空に向けて発砲すれば、敵は動きだすと思うっすけど」

「乾、急《せ》くな。そのうちバイクの男は動くだろう」

浅倉は部下に言い、耳をそばだてつづけた。

五分ほど経《た》つと、左手の植え込みの陰からヘルメットを被った男が姿を現わした。右手に拳銃を握っている。三十メートル以上は離れているだろう。

「ジグザグを切りながら、接近しよう」

浅倉は身を起こし、中腰で走りはじめた。乾も姿勢を低くして、ジグザグに駆けてくる。

月明かりで、ある程度の視界は利《き》く。正体不明の男は拳銃を両手保持で構えているが、いっこうに発砲しない。浅倉は訝《いぶか》しく思った。

バイクの男は囮《おとり》なのではないか。

浅倉は駆けながら、左右を見た。そのとき、バイクの男が樹木の裏に急いで逃げ込んだ。

「奴は囮《おとり》だろう」

浅倉は部下に注意を促した。

次の瞬間、左手前方で小さな炎が瞬《またた》いた。銃口炎《マズル・フラッシュ》だ。銃声は聞こえなかった。消音器付きの拳銃を握っているにちがいない。

「早く伏せて転がるんだ」

浅倉は乾に言って、腹這《ば》いになった。

次の瞬間、一メートルほど先に着弾した。土塊《つちくれ》が額に当たった。千切《ちぎ》れた雑草は顎《あご》を掠《かす》めた。浅倉たち二人は丸太のように転がって、銃弾を躱《かわ》した。放たれた弾《たま》は八発だった。

マズル・フラッシュが閃《ひらめ》かなくなった。弾切れだろうか。そうなら、予備のマガジンを交換するときが反撃のチャンスだ。

「おまえはバイクの男を確保しろ」

浅倉は部下に言い、素早く立ち上がった。左手の植え込みに向かって一気に走る。乾も駆けた。浅倉は植え込みの左側に回り込んだ。

乾は右手に向かっている。

浅倉は樹木の間を縫《ぬ》いはじめた。動く人影は目に留《と》まらない。狙撃者は弾倉が空になった直後、太い樹木の枝に登ったのか。

浅倉は頭上を仰《あお》いだ。

ほぼ同時に、何かが落ちてきた。ロープの輪だった。感触でわかった。

輪が浅倉の喉に喰い込んだ。息苦しくなったとき、ロープの輪がさらに絞られた。

浅倉はとっさに左手の人差し指と中指をロープの下に差し入れ、必死に気道を確保した。それでも、ロープの輪は緩《ゆる》まない。

それどころか、浅倉は少しずつ吊り上げられはじめた。アンクルブーツの踵《かかと》が浮き、爪《つま》先《さき》立つ恰好《かっこう》になった。

息が詰まった。苦しさを堪《こら》えて、浅倉はグロック32を握った右手を高く掲《かか》げた。

指先が垂れたロープに触《ふ》れた。

握って引いてみた。しかし、太い枝の上にいる狙撃手を引き落とすことはできなかった。もたもたしていると、窒息死させられるだろう。

浅倉はグロック32の引き金を絞った。轟音《ごうおん》が耳を撲《う》つ。放った銃弾は樹幹にめり込んだ。樹皮の欠片《かけら》が肩に落ちてきた。浅倉はもう一発撃った。手首に反動《キック》が伝わってくる。銃声が鼓膜《こまく》を震わせた。

「うっ」

横に張り出した枝の上で、敵が呻《うめ》いた。ロープが緩む。

浅倉はふたたびロープを握り、力一杯に引いた。

狙撃者が短く叫び、浅倉の目の前に落ちる。落下した瞬間、男が長く唸《うな》った。

浅倉はロープの輪から首を抜き、小型懐中電灯を点《つ》けた。

足許に横たわっているのは四十年配の男だった。ベルトの下に、消音器を装着させたマテバDUPを挟んでいた。

イタリア製の大口径コンパクトピストルだ。マガジンには八発装塡《そうてん》できる。

男は左腿《ひだりもも》の内側を被弾していた。血の臭いが立ち昇ってくる。浅倉は男にグロック32の銃口を向けながら、マテバDUPを引き抜いた。

マガジンキャッチのリリース・ボタンを押し、銃把から弾倉を抜く。空っぽだった。

「予備のマガジンを用意してなかったのが敗因だったな。依頼人は、『くつろぎ商事』の原専務だなっ」

「さあ、誰だったかな？」

「粘《ねば》っても意味ないぞ」

「おれを撃つ気なのか⁉」

相手の顔が引き攣《つ》った。

浅倉は無表情のまま、引き金を絞った。銃弾は相手の肩の近くの地面に沈んだ。

「雇い主の名を吐かなきゃ、急所に撃ち込むことになるぞ」

「おれの負けだ。原さんに頼まれたんだよ。おたくら支援捜査員を五人消してくれりゃ、五千万の成功報酬をくれるって話だったんでな」

「傭兵《ようへい》崩れか？」

「元自衛官だよ。若いころ、空挺団《くうていだん》の特殊部隊にいた。けど、上官と反《そ》りが合わなくて、退官したんだ」

「それからは、殺人《コロシ》を含めた汚れ仕事で喰ってきたわけか？」

「まあな」

「名前は？」

「風巻《かざまき》、風巻誠《まこと》だ」

「ホンダのバイクの男は、そっちの助手か？」

「まあ、そんなようなもんだぞ」

「あいつの名前も聞いておこう」

「横溝亮《よこみぞりょう》ってんだ。ちょうど三十だよ。救急車を呼んでくれねえか。まだ死にたくねえからな」

「弾は貫通してるようだが、失血死することはないだろう。そっちが原利夫に頼まれて、山中啓太を始末したんじゃないのかっ」

「山中？　誰なんだ、そいつは？」

「『くつろぎ亭』の野方店の店長をやってた男だよ。原専務は、背任横領の証拠を握られたようなんだ。だから、第三者に片づけさせたんだろう」

「おれは、山中なんて奴を始末してくれなんて頼まれちゃいねえ」

「正直に答えないと、もう一発お見舞いするぞ。おれたちの発砲には制限がないんだ。ただの威《おど》しなんかじゃない」

「おれは、本当におたくらのチームのメンバーを消してくれって頼まれただけだって」

「チームのことは誰から聞いた？」

「おれ自身が調べ上げたのさ。それで、原さんに教えてやったんだよ。原さんは支援捜査員にあることで怪しまれてると不安がってたんで、おれが横溝に手伝わせて極秘チームの存在を嗅《か》ぎつけたんだ。おたくらのことは誰にも喋らないから、司法取引に応じてくれねえか」

「日本では麻薬や銃器の密売に絡む事件の司法取引は黙認されてるが、ほかの犯罪《ヤマ》では禁じられてる。検察は政治家たちと司法取引してるがな」

「それはわかってるが、こっちは殺しの依頼人の名を吐いたじゃねえか。銃器の所持と発射には目をつぶってくれや。おれは原さんに頼まれて、おたくの首をロープで絞めようとした。それだけを立件してくれよ」

「そうはいかない」

「くそっ、好きにしやがれ！」

風巻が悪態をついた。そのすぐ後、乾が後ろ手錠を打った横溝を引ったてきた。

「こいつが持ってたステアーS40はモデルガンだったっすよ。そこに倒れてる風巻って奴に指示されて、囮になっただけだと供述してるっす。それから、山中殺しには関与してないと言ってる」

「元自衛官の風巻も、同じ供述をしてるよ。別働隊にこの二人の身柄《ガラ》を渡そう。おまえは、電話で協力を要請してくれ」

浅倉は言った。

乾が横溝をひざまずかせ、懐から刑事用携帯電話《ポリスモード》を取り出す。動作は機敏だった。

「ツイてないね、おれたち」

横溝が風巻に話しかけた。

「ああ。ちょろい仕事だと思ってたが、ヘタを打っちまった」

「風巻さん、勘弁してよ。おれがもっと上手に刑事《デカ》たちを公園に誘い込んでれば……」

「別におまえが悪いんじゃないさ。助っ人刑事《デカ》たちが手強《てごわ》かったんだよ。横溝、おまえは書類送検されても不起訴処分になるだろう。気弱なおまえは半グレにもなれなかったんだから、田舎《いなか》の大分《おおいた》に帰って地道に暮らせや」

「風巻さんがシャバに出てくるまで、おれ、待ってるよ。だって、あんたには弟のようにかわいがってもらったからね。恩義は忘れてないんだ。風巻さん、おれを見捨てないでよ。おれは、風巻さんみたいな一匹狼に憧《あこが》れてるんだ。まだまだ度胸が据《す》わってないけど、風巻さんの弟子と堂々と名乗れるようになるって。だから、おれを見捨てないでください。お願いです！」

「横溝、おれたちは野良犬と同じなんだよ。群れたら、弱っちくなっちまう。それじゃ、てめえの餌《えさ》にもありつけなくなる。だいたいアウトローに向いてないよ、おまえは。悪いことは言わねえって。できるだけ早く故郷《くに》に戻って、生き直しな。おれみたいなろくでなしになっちまったら、生まれ育った土地には戻れなくなる」

「風巻さん……」

「きょうで、縁を切るぜ。横溝、達者でな」

風巻が横を向いた。横溝が肩を落とし、うなだれる。

「麗《うるわ》しい師弟愛じゃないか」

浅倉は風巻に声をかけた。

「うるせえ！　おれは親兄弟を五つのときに交通事故で喪《うしな》って、母方の祖父母に育てられたんだよ。死んだ弟は、まだ二歳だった。だから、東京で心細そうに生きてた横溝を飲み屋で見かけたとき、なんか支《ささ》えてやりたくなったんだ。といっても、どっちもゲイじゃないぜ」

「あんたと別の形で知り合ってたら、一度、酒を飲みたくなったかもしれないな。ところで、原利夫は愛人のマーガレット・ミッチャムの家にいるんだな？」

「と思うよ」

風巻が目を閉じた。乾はすでに通話を終えていた。

「別働隊は三十分以内には、こっちに来られるそうっす」

「そうか。横溝、胡坐《あぐら》をかいてもいいよ」

浅倉は風巻の弟分に言って、煙草に火を点けた。乾が釣られ、葉煙草《シガリロ》をくわえる。

風巻と横溝は観念したようで、逃げる素振りはまったく見せなかった。待つ時間は妙に長く感じられた。

別働隊の四人が被疑者二人の身柄を引き取りにきたのは数十分後だった。

乾が黙って横溝の手錠を外した。浅倉は風巻を見ながら、菊岡《きくおか》という主任に経緯を話した。菊岡は、警部だった。三十七歳だ。

菊岡主任の部下たちが手早く風巻と横溝に手錠を掛けた。風巻たち二人は抵抗することもなかった。

「おれたちは、これから原専務の愛人宅に向かいます」

浅倉は菊岡に風巻の拳銃を渡した。

「わかりました」

「原が誰かに山中啓太を殺《や》らせたかどうかわかりませんが、風巻におれたち二人を始末させようとしたんです。原利夫を緊急逮捕します」

「車の中で風巻と横溝の取り調べをしてますんで、また連絡してください。われわれも、マーガレット・ミッチャムの家に向かいますよ。では、よろしく！」

菊岡が敬礼した。

浅倉は乾と植え込みを出ると、出入口に速足で向かった。

2

門扉《もんぴ》は低かった。

浅倉は手を伸ばして、内錠を静かに外した。マーガレット・ミッチャムの自宅である。

内庭の向こうに洋風の住宅が建っていた。平屋だった。間取りは3LDKほどか。

浅倉は斜め後ろにいる乾に目配せし、白い鉄扉《てっぴ》を押し開けた。石畳のアプローチを数メートル進んだとき、庭木の背後から人影が動いた。

次の瞬間、浅倉は中段回し蹴りをまともに受けた。体のバランスが崩れる。次は鳩尾《みぞおち》に飛び膝《ひざ》蹴りを見舞われた。一瞬、呼吸が止まった。

浅倉は呻きながら、西洋芝に片膝をついた。

そのとき、今度は乾が横蹴りを喰《く》らった。巨漢の相棒が尻餅《しりもち》をつく。浅倉は立ち上がった。目の前に、東南アジア系の男が立っていた。三十代の前半だろうか。筋肉質の体型だが、シルエットはすっきりとしている。

「おまえたち、刑事《コップ》か。それ、早く答えろ。オーケー？」

男が、癖《くせ》のある日本語で浅倉に問いかけてきた。右手に握っているのはマカロフPbだった。ロシア製の消音型拳銃である。

二十年ほど前から極東マフィア経由で、マカロフPbが日本の闇社会に流れている。本庁組織犯罪対策部の調べによると、その数は三千挺《ちょう》近いらしい。

「原利夫のボディーガードらしいな。タイかラオスの出身か？」

「その質問、わたし、無視する。答える必要ないね。日本のポリス、昔はニューナンブM

60持ってる者が多かった」

「よく知ってるな」

「わたし、長いこと日本に住んでる。日本のこと、いろいろわかるようになったよ。いまの警官は、S&W《スミスウエッソン》のM360J通称サクラかシグ・ザウエルP230JPのどっちか持ってるはず。拳銃《ハンドガン》、芝生の上に置く。オーケー？」

「暴力団係の刑事以外は、ふだん拳銃なんか持ち歩いてない」

「おまえたち、特別なチームのメンバーね。そのこと、原さんから聞いてる。言われた通りにしないと、わたし、引き金《トリガー》に指掛けるよ」

「撃《う》ちたきゃ、撃ちやがれ！」

乾が挑発して、勢いよく立ち上がった。

マカロフPbの銃口が相棒に向けられた。浅倉は前に跳《と》んだ。男の右腕をホールドし、足払いを掛けた。

相手が横転する。サイレンサー・ピストルのスライドは引かれていたが、運よく暴発はしなかった。浅倉は男のこめかみに右のフックを叩き込み、マカロフPbを奪い取った。

長い消音器の先を男の首に押し当てる。

「おまえ、タイ人じゃないのか？」

「何も答えない」

「答えたくなるようにしてやろう」

「シュートする気か⁉　わたしを撃ち殺すつもりかっ」

「射殺はしないよ。耳に穴を開けるだけさ」

「それ、はったり《ブラフ》ね？」

相手が確かめた。浅倉は男の片方の外耳を横に引っ張り、銃口を当てた。

「やめろ！　撃つな。そう、タイ人よ」

「名前は？」

「サムポーン・チャチャイね」

「キックボクシングをやってたようだな」

「そういう言い方、タイではしない。わたし、十一年前までムエタイの選手だったね」

「負けがつづいて、引退したのか？」

「わたし、プロになって一度しか負けたことない。強かったよ。だけど、ムエタイの試合に出られなくなった」

「タイで大量に密造されてる錠剤型覚醒剤のヤーバーにハマっちまったんじゃねえのか？」

乾が会話に割り込んだ。

「わたし、麻薬《ドラッグ》嫌いね。ヤーバーをいつも服《の》んでた友達がたくさんボロボロになってしまった。だから、ドラッグはやらないようにしてた」

「そうかい。女に悪さして、ムエタイ界から追放されたか。え？」

「それも違う。わたし、興行プロモーターに八百長試合をしろって言われた。対戦相手はずっとランクの下の奴だった。だけど、そいつの父親は軍の司令官だったよ。わたし、七つのときからムエタイのジムに通ってた。ファイトマネーを三倍くれると言われたけど、弱い相手にわざと負けるなんて厭《いや》だった」

「それで、興行をプロモートしてる奴に逆《さか》らったわけか」

浅倉は相棒よりも先に口を開いた。

「そうね。プロモーター、バンコクの裏社会を仕切ってるボスと仲よかった。わたしが八百長試合を断りつづけたら、プロモーターは柄《がら》の悪い男たち四人にわたしの二つ違いの妹を輪姦《りんかん》させた。それだけじゃないね。妹はタニヤ通りの売春バーに売られた」

「それで？」

「わたし、怒ったよ。だから、プロモーターの若い愛人を引っさらって……」

「監禁してレイプしたんじゃないのか？」

「そう、仕返しよ。その女は、わたしのシンボルを思いっきり嚙《か》んだ。だから、わたし、プロモーターの彼女を半殺しにしてやった」

「プロモーターは黙っちゃいなかったろ？」

「すごく怒ったね。わたし、遊び人たちに命を狙われたんで、北部のチェンマイに逃げた。しばらく隠れてから、偽造パスポートを手に入れて日本に来た」

「それから、ずっと不法滞在してるわけだ？」

「うん、そうね。オーバーステイの外国人、日本にたくさんいるよ。東京出入国在留管理局の職員たち、とっても忙しい。不法滞在者のほんの少しだけしか摘発できないね」

「日本で真面目に働いたことはないのか？」

「タイ料理の店でコックの見習いをしたり、建設現場で働いたこともあるよ。でも、給料よくなかったよ」

チャチャイが長嘆息《ちょうたんそく》した。

「それで、危《ヤバ》い仕事をするようになったんだなっ」

「そうね。日本のやくざの下働きをしたり、不良タイ人グループの手伝いをしたよ。でも、チャイニーズ・マフィア、イラン人グループ、アフリカ出身の奴らがのさばってて、おいしい違法ビジネスなかった」

「で、フリーの用心棒になったんだ？」

「そう。原さん、わたしがネットの掲示板に書き込んだのを見て、連絡してきたね」

「頼まれたのはボディーガードだけじゃなかったんじゃないのか」

「それ、どういう意味？」

「原に頼まれて、誰かを殺《や》ったんじゃないのか？」

「わたし、誰も殺してないよ」

「そっちの言うことを鵜呑《うの》みにはできないな。歯を喰いしばれ。片方の耳だけ撃ち抜く」

「わたし、嘘《うそ》ついてないよ。喋ったことは本当ね」

「そっちが正直におれの質問に答えたどうか、体に訊《き》いてみよう」

浅倉は引き金の遊びをぎりぎりまで絞り込んだ。わずかに人差し指に力を込めれば、九ミリ弾は発射される。

「本当に誰も殺してないよ」

チャチャイが怯《おび》えた顔で言い、全身を震わせはじめた。浅倉は刑事になってから、数多くの殺人犯に接してきた。人を殺《あや》めた者は、もっとふてぶてしいものだ。

「リーダー、チャチャイは山中を殺《や》ってないと思うっすよ。こいつは、ムエタイの選手崩れのただの番犬なんでしょう」

「そうみたいだな。原専務はおれたちチームのメンバーの殺人を風巻に頼んだわけだから、この男は今回の事件《ヤマ》には絡んでないと判断してもいいだろう」

「自分もそう思うっす」

乾が口を閉じた。浅倉はチャチャイに顔を向けた。

「原は、ここに警察関係者がきたら、取っ捕まえてくれって言っただけなのか？」

「そう。殺してくれなんて頼まれてないね。本当に本当よ」

「もうわかった」

「わたしの耳、撃たない？」

チャチャイは、まだ不安そうだった。浅倉はチャチャイの耳から手を離し、銃口も逸《そ》らした。

「マカロフPbは押収するぞ」

「押収？　ああ、取り上げるってことね」

「そうだ。原とマーガレットはどこにいる？」

「多分、奥のベッドルームにいると思うよ。二十分前まで、二人はシャワールームで仲よくしてたから。体を洗いっこしてたみたいで、マギーはくすぐったそうな笑い声をあげてた」

「原は愛人をマギーという愛称で呼んでるんだ？」

「そうね、たいてい。でも、マーガレットと呼ぶときもあるよ」

「そうか。そっちは、だいぶ前から庭に忍んでたのか？」

「原さんたちがシャワールームに入るまで、わたし、リビングにいた。マギーが淹《い》れてくれたコーヒーを飲んでたよ。二人はシャンパンを飲んでたけどね」

「そうか」

「リーダー、インターフォンを鳴らしてもいいっすか？」

乾が指示を仰《あお》いだ。

「強行突入しよう。チャチャイを弾除《たまよ》けにして、寝室に入る。乾、ピッキング道具を使って静かに玄関のドア・ロックを外してくれ」

「了解っす」

「焦《あせ》る必要はないぞ」

浅倉は部下に言って、チャチャイを摑《つか》み起こした。乾が蟹股《がにまた》でポーチまで進み、二本のピッキング道具を使いはじめた。

浅倉はチャチャイをポーチまで歩かせた。

玄関の前に達したときは、すでに内鍵は外されていた。乾がゆっくりと玄関のドアを開ける。

「寝室まで案内してくれ。妙な気を起こしたら、容赦《ようしゃ》なくサイレンサー・ピストルの引き金を絞るからな」

浅倉はチャチャイの耳元で威《おど》した。チャチャイが二度うなずき、広い三和土《たたき》に足を踏み入れた。

ホテルと同じ造りで、靴を脱ぐ必要はなかった。浅倉はチャチャイの背を軽く押した。

最後に家の中に入った乾が、そっと玄関ドアを閉める。

玄関ホールの左手にリビングルームがあった。廊下を挟んで、右側に二つの居室が並んでいる。

チャチャイが奥側の居室を指さした。乾がチャチャイの横に回り込み、片腕を摑んだ。

浅倉は寝室のドアに耳を寄せた。

「ダーリンは本当に剃毛《ていもう》が好きね」

「栗毛の恥毛《ピユービツク・ヘア》も愛らしいが、マギーの性器《プツシー》が丸見えになると……」

「刺激的なのね?」

「そう」

二人は戯言《ざれごと》を交わし合っていた。

浅倉はノブを回し、寝室のドアを大きく開いた。チャチャイを突き飛ばし、室内を見渡す。キングサイズのベッドの支柱に両手足をスカーフで括《くく》られた白人女性は一糸もまとっていない。マーガレット・ミッチャムにちがいない。

原専務は、愛人の股の間に坐り込んでいた。かたわらのビニールシートには、鋏《はさみ》、T字型剃刀《かみそり》、シェービングクリームが載っている。

「あんたは……」

トランクス姿の原利夫が驚き、体の向きを変えた。

チャチャイが小声で原に何か詫《わ》びた。だが、その言葉は聞き取れなかった。

「あんたたち、失礼ね。勝手に他人《ひと》の家に入ってきて、寝室のドアを開けたりして……」

裸の白人女性が詰《なじ》った。完璧な日本語だった。

「警視庁の者です。あなたはマーガレット・ミッチャムさんだね？」

「そうだけど、とにかく寝室から出ていってちょうだいっ」

「スカーフをほどいてやれ」

浅倉はチャチャイに言った。チャチャイが少しためらってから、言われた通りに動く。

マーガレットが巨大なベッドから滑り降りた。股間の半分は白い泡に塗れている。マーガレットがベッドの陰に回り込み、急いで白いバスローブで裸身を隠した。

「刑事がここに来たということは……」

原が虚《うつ》ろに呟いた。

「風巻誠と横溝亮の身柄は、別働隊の者たちが確保したよ」

「狙撃《そげき》に失敗したんだな、風巻は」

「そういうことだ。おれたち特命チームのメンバーを全員、始末してくれと頼まれたと風巻は自供した。成功報酬は総額で五千万円だったそうだな」

「あの男はそこまで吐いてしまったのか」

「風巻は山中啓太殺しには関与してないときっぱりと言った。あんたは別の殺し屋《プロ》を雇って、背任横領のことを知った山中さんを葬《ほうむ》らせたんじゃないのかっ」

「わたしは、誰にも山中を殺《や》らせてない。抹殺したいとは思ってたが、代理殺人なんか頼んだことないぞ」

「往生際《おうじようぎわ》が悪いな」

浅倉はベッドマットに一発撃ち込んだ。

原が女のような悲鳴をあげて、ベッドの下に逃《のが》れた。明らかに怯《おび》え戦《おのの》いている。

「もう諦めなって」

乾が言い諭《さと》した。

「食材納入業者たちからキックバックさせてたことを山中に嗅《か》ぎつけられたようなんで、できれば山中をこの世から消したいと思ってたことは認めるよ。背任横領が発覚したら、わたしは『くつろぎ商事』の専務でいられなくなるからな」

「それだけじゃない。おたくは横領犯として罰《ばっ》せられ、会社から民事で告訴されることになるだろうね」

「うん、おそらくな。リスキーだったが、キックバックのことも知ってるのは特命チームの五人だけだろうと思ったんで、風巻誠にメンバー全員を撃ち殺してくれと依頼したんだ。しかし、風巻は失敗《ドジ》を踏んだ」

「やったのはそれだけで、山中さんの事件にはタッチしてないって?」

「そうだよ。そうなんだっ」

「なら、誰が山中啓太さんを消した？」

「わからないよ、わたしには。納入業者たちから三億六千万前後を吸い上げたことは認めるよ。でも、全額を懐《ふところ》に入れたわけじゃない。協力者の落合経理部長に約三割をくれてやったんでな」

「本当なんすね？」

「ああ。わたしの人生は、もう終わったな」

「自分の利益ばかりを考えて狡《ずる》い生き方をしてきたんで、こういう結果になったんだろうな」

「とにかく、一巻の終わりだ。何もかもが駄目になってしまった。もう絶望しかない」

原が頭を掻《か》き毟《むし》った。

「リーダー、後は別働隊にじっくり調べてもらったほうがいいんじゃないっすか？」

「そうだな。乾、別働隊の菊岡主任にこっちに回ってもらってくれ」

「すぐ電話するっす」

「頼む」

浅倉は拳銃の銃口を床《フロア》に向けた。

3

エレベーターの扉が開いた。

本部庁舎の十七階だ。このフロアには映写室のほかに、総合指揮所、道場、大会議室などがある。

浅倉は函《ケージ》から出た。

エレベーターホールは無人だった。武装捜査班をサポートしている別働隊のアジトは、映写室の奥にあった。

人目につかない場所にある予備室には、プレートも掲《かか》げられていない。出入口は電子ロックになっている。原則として、隊員以外は入室を禁じられていた。ただ、武装捜査班の立花班長と主任の浅倉は出入り自由だった。

前夜、緊急逮捕された風巻誠、横溝亮、原利夫、サムポーン・チャチャイの四人はアジト内にある簡易留置場に収容され、今朝《けさ》から別働隊の取り調べを受けている。いまは午後二時過ぎだった。

別働隊のアジトには簡易留置場だけではなく、仮設取調室もあった。正式な留置場は本部庁舎の二階と三階にある。もちろん刑事部各課には、専門の取調室が備《そな》わっていた。

しかし、極秘捜査に携《たずさ》わっている武装捜査班や別働隊が正規の留置場、取調室を使用するわけにいかない。そんなことで、別働隊のアジト内に簡易留置場と仮設取調室が設置されたのだ。

浅倉は電子ロックを解除して、別働隊のアジトに入った。

手前に五卓のスチールデスクが置かれ、その横にソファセットが据えてある。簡易留置場と仮設取調室は事務フロアの奥にあった。

「お世話になっています」

浅倉は自席に向かっている二人の若い隊員に声をかけ、島森武則《しまもりたけのり》隊長の席に向かった。

島森は四十七歳で、職階は警視だ。ノンキャリアの出世頭である。父親は警察ＯＢで、退官前は警察学校の教官を務めていたと聞く。すでに他界している。

「やあ、ご苦労さまです。坐って話しましょうか」

「はい」

「どうぞお掛けください」

島森が先に浅倉をソファに坐らせ、向かい合う位置に腰かけた。隊長は年上で職階も上だが、菊岡主任と同じようにくだけた口調では語りかけてこない。

浅倉は特別視されていることに面映《おもはゆ》さを感じて、敬語を遣《つか》わないでほしいと幾度も頼んだ。しかし、隊長以下メンバーの全員が決して口調を変えない。困ったものだ。

「主任の菊岡に取り調べをやらせていますが、風巻、横溝、チャチャイの供述内容はまったく変わっていません。風巻は誰かに山中を襲わせたり、始末させてはいないと繰り返すばかりでした。長坂事務局長も威《おど》したことはないと……」

「そうですか」

「『くつろぎ商事』の原専務にも嘘発見器《ポリグラフ》を使わせてみたんですが、グラフが大きく変動したことは一度もなかったそうです。ですが、念のため、まだ菊岡には原利夫と睨めっこをさせてます」

「原はシロと断定してもよさそうですね」

浅倉はそう応じたが、風巻たち三人の供述と捜査資料が一致していないことが気になった。山中と長坂が別々に暴漢に襲われたことは間違いなさそうだ。しかし、どちらの加害者も検挙されていない。二つの襲撃事件が仕組まれた狂言だとは考えられないだろうか。

「ええ、山中啓太刺殺事件には関わっていないと思います。少し前に立花班長が見えたんですが、浅倉さんが取り調べの結果に納得できたら、原利夫を本庁《うち》の捜二知能犯係経由で身柄を玉川署《たまがわ》に移してくれとのご指示でした。橋爪刑事部長の承諾《しょうだく》は得ているそうです」

「そういうことなら、そうしていただけますか」

「わかりました」

「風巻、横溝、チャチャイの三人は先に玉川署に引き渡しても問題ないと思います。砧公園内、マーガレット・ミッチャム宅でこっちが発砲した件で所轄署が何か言ってきたら……」

「それはないでしょう。菊岡が現場でうまく後処理をしましたし、風巻と原に威嚇《いかく》発砲の件に触れなければ、少しは刑が軽くなるだろうと言い含めておいたようですので」

島森がにやりとした。

「いつも尻拭《しりぬぐ》いをしてもらって、恐縮です」

「お気になさることはありません。われわれ別働隊も時には違法捜査をしてますので。狡《ずる》賢《がしこ》い連中を追い込むには、少々の反則技も使いませんとね。合法捜査ばかりでは、落着まで時間がかかってしまいます。血税を無駄に遣《つか》うと、市民団体から叱《しか》られますでしょ？見苦しい自己弁護になるのかな」

「一部の者はそう受け取りそうですね。犯罪者にも人権はあるわけですが、抜け目のない凶悪犯には手加減することはないと思いますよ。警察官としては考え方がアナーキーすぎると非難されるでしょうが、個人的にはそう考えてます」

「わたしも、同じです。凶悪犯罪の被害者たちの無念を考えると、もっと厳しく加害者を追い込んでもいい気がしますね。といって、アメリカの警察官のように不審者がポケットに手を入れただけで、相手を射殺するのはやりすぎですが……」

「そうですね。いくら銃社会だからといって、発砲もしてない相手の急所に何発も銃弾を撃ち込むのは明らかに問題です」

「同感ですね。それはそうと、原利夫が今事案でシロとなると、真犯人《ホンボシ》は誰なんでしょうか」

「捜査本部《チヨウバ》がマークした対象者《マルタイ》で残ってるのは山中啓太の元交際相手の香月理恵、そして理恵の新しい彼氏の田浦拓海の二人ですね。どちらかが第三者に山中を殺《や》らせた疑いは、まだ拭《ぬぐ》えてないんですよ」

「二人のうち、どっちが臭いんですか？」

「田浦のほうですが、実行犯に殺しの成功報酬を払うだけの金銭的な余裕はなかったようなんですよ」

「捜査本部が判断したように、田浦拓海もやはりシロなんでしょうか」

「個人的にはそんな気がしてるんですが、まだマークする必要があるのかもしれません」

浅倉は慎重に答えた。

「理恵と田浦の両方がシロとなると、支援捜査は振り出しに戻った形になるわけですよね？」

「ええ」

「被害者の山中は原専務の背任横領の事実を嗅ぎつけたんで、殺されてしまったという筋読みは外れたことになるんですか」

「そうなんでしょう。バックリベートの件以外に原に致命的な弱みもありませんでしたから、武装捜査班の筋の読み方は正しくなかったんでしょうね」

「捜査資料を見た限りでは、創業者の所光夫社長はほとんどノーマークでした」

「ええ」

「たった一代で『くつろぎ商事』を急成長させたのは社長に商才があったからでしょうが、創業者の中にはあこぎなことをやって財を築いた人間もいます」

「そうですね。あくどいビジネスをしなければ、大きくは儲けられないんでしょう」

「浅倉さん、被害者は原専務がまるで団体交渉に応じる様子がないので、所社長に直談判してスタッフ増員を訴える気になったんではないでしょうか？」

「捜査資料によると、山中がそういう行動をしてたという記載は一行もありませんでしたよ」

「そうですね。山中啓太はハードワークで自分自身が創業者の過去を調べる時間がないんで、知り合いか探偵社に頼んで動いてもらったんでは……」

「山中は探偵社に頼んで、創業者がダーティーな手段を重ねて会社も大きくしてきた事実を突きとめたんではないか。島森さんは、そう思われたんですね？」

「ええ、そうです。山中啓太は所社長の弱点を切札にして、創業者に労働改善を求めたと考えれば……」

「七十八歳のオーナー社長が自分で山中を刺し殺したとは思えませんから、誰かに始末させたという推測もできるでしょうね」

「ええ」

「島森さんの筋読みにケチをつけるつもりはありませんが、よっぽどオーナー社長の弱みが大きくなければ、山中の口を封じる気にはならないでしょう？」

「ええ、おっしゃる通りだと思います。所社長は会社を大きく成長させたくて、商売の邪魔になる人間を事故に見せかけて殺害した疑いもありますね。そんなふうに考えたのは、今回の犯行の手口が気になってたからです」

「本事案の加害者は、他殺に見せかけた自殺という偽装工作をしたと考えられます」

「そのことから、所社長が過去に商売敵を事故死に見せかけて殺害した疑いもありそうだと思ったんですよ」

島森が説明した。

「なるほど、そういうことですか」

「一般論ですが、事業欲に取り憑《つ》かれた人間は何がなんでも野望を遂《と》げたいと執念を燃やします。敗北の惨《みじ》めさを味わうことを避けるためなら、あざとい商売もするんではありませんか？」

「ええ、するでしょうね」

「自分の目的を達成させることを願ってる者は、時に理性や良心を捩伏《ねじふ》せたりするんではないですか？」

「ビジネスは綺麗事《きれいごと》ばかり言ってたら、割を喰うでしょう。ライバルを出し抜いたり、取引先を騙《だま》したりすることもあるはずです」

「いまのオーナー社長は脂《あぶら》ぎってはいないでしょうが、『くつろぎ商事』が軌道に乗るまでは商魂逞《たくま》しかったにちがいありません」

「そうだったんでしょうね」

「立花班長に異議がないようでしたら、別働隊《うち》が香月理恵と田浦拓海をマークしてもかまいません。二人はまだ灰色ですが、シロ寄りなんでしょう？」

「だと思います」

「それでしたら、武装捜査班の方たちは所社長の過去と『くつろぎ商事』の樋口顧問弁護士の私生活を調べてみたら、いかがでしょうか」

「樋口泰広のことも調べたほうがいいとおっしゃる理由は？」

浅倉は、島森の顔をまじまじと見た。

「樋口は東京地検刑事部出身なのに、大企業の顧問弁護士は務《つと》めてません」

「ええ。法律家として能力が劣《おと》ってるとは考えにくいですから、おそらく営業センスがないんでしょうね。もしくは……」

「私生活に何か問題があったのではないかと思われたんではありませんか？」

「ええ、まあ」

「わたしも、そう思ったんですよ。そのせいで、東証一部企業や大証一部企業の顧問弁護士になれなかったんではありませんか。捜査資料によると、樋口弁護士はまだ五十三歳です。それこそ男盛りでしょ？」

「樋口弁護士には愛人がいるんだろうか。しかし、その程度のスキャンダルはたいした弱みにはならない」

「確かに、そうですね。事件の被害者の山中啓太が樋口泰広の女性関係の乱れを知っても、それは団体交渉の大きなカードにはならないでしょう」

「そうですね。樋口は企業舎弟《しゃてい》の法律相談に乗ってるうちにハニートラップに嵌《は》まって、投資詐欺の片棒を担《かつ》がされたのかもしれないな」

「浅倉さん、それは考えられますね。推測の域を出ませんが、山中は樋口弁護士の悪事を知り合いの誰かに調べ上げてもらって、団体交渉に応じるよう会社側を説得してくれと迫ったのでは……」

「そうなんだろうか」

「山中の頼みを聞き入れた人物がいませんか？」

　島森が問いかけてきた。

「とっさにフリージャーナリストの垂水恭平のことが頭に思い浮かんだんですが、山中が内部告発する気になって社会派ライターに協力を求めたのはもっと後《あと》のことです。時期が違うから、顧問弁護士の私生活を調べたのは垂水恭平じゃないな」

「フリージャーナリストのほかに誰か思い浮かびませんか？」

「被害者は『東京青年ユニオン』の長坂事務局長を後ろ楯《だて》にして会社側にスタッフの増員を求めてたんですが、彼でもなさそうだな。長坂さんは何人かのチェーン店の店長を伴《ともな》って原専務の自宅まで押しかけ、団体交渉に応じろと強く要求しましたんでね。しかも、夜のことでした。長坂さんはこっちに気づきませんでしたが……」

「長坂事務局長が所社長や樋口弁護士の弱点を押さえたんだとしたら、わざわざ労務担当の重役の自宅に押しかける必要はないでしょ？」

「ええ。山中に頼まれて所社長や樋口弁護士の過去や私生活を洗ってたのは、『東京青年ユニオン』の事務局長ではないと思いますが……」

「そう考えても、いいと思います。浅倉さん、奥の仮設取調室に行ってみませんか」

「原にオーナー社長か顧問弁護士に何か大きな弱みがあるかどうか探りを入れてみろってことですね」

「そうです。どうでしょうか？」

「行ってみましょう」

浅倉はソファから立ち上がった。すぐに島森もソファから腰を浮かせた。

二人は仮設取調室に向かった。二十数メートルしか離れていない。

「菊岡、入るぞ」

島森がドア越しに部下に声をかけてから、仮設取調室に入った。浅倉はつづいた。

原利夫は手前のパイプ椅子に腰かけていた。

スチールデスクの向こう側に菊岡主任が着席している。菊岡のほぼ真後ろに、記録係の安東《あんどう》という名の隊員が坐っていた。

「お疲れさまです」

浅倉は、まず菊岡に声をかけた。

「そちらこそ……」

「風巻、横溝、チャチャイの供述は変わらないそうですね？」

「ええ。わたしの目の前にいる男も、完落ちしたと言ってもいいでしょう。ポリグラフのグラフにも疑わしい動きはありませんでしたので」

「そのことは少し前に島森隊長から聞きました。取り調べていただいた四人は、本事案ではシロだったんでしょう」

「それは間違いないと思います」

「菊岡、風巻たち三人はもう玉川署に引き渡してもかまわないよ。原は捜二《そうに》の知能犯係の調べが済んでから、所轄署に身柄を移送してもらおう」

島森が言った。

「浅倉さんが原に確認したいことがあるんだ。二、三分、時間をくれないか」

「わかりました」

「はい」

菊岡が上司に応じ、目顔《めがお》で浅倉を促《うなが》した。

浅倉は小さくうなずき、スチールデスクの真横に回り込んだ。原が眠そうな顔を浅倉に向けてくる。

「簡易留置場ではよく眠れなかったようだな」

「当たり前じゃないか。わたしの人生は暗転してしまったんだ。のんびり寝られるわけないだろうが！」

「こっちに八つ当たりするなよ。あんたに確認したいことがあるんだ。山中に魔手を差し向けたり、殺人依頼をしたことはないんだな？」

「ない！」

「所社長は、誰かに致命的な弱みを握られてなかったか？」

「そんな様子はうかがえなかったよ」

「樋口顧問はどうだった？　誰かに脅迫されてる様子は見られなかったか」

「そんなふうに見えたことはなかったな。なぜ、そういう質問をしたんだ？　所社長か樋口弁護士が山中の事件に絡んでるかもしれないと疑ってるようだが、見当違いの見立てだな」

「そうだろうか」

「マギーは事情を聴取されただけなんだろう？」

「ああ。後日、警察に呼び出されることもないだろう。愛人のことを気にかけてるが、奥さんに対しては何も言葉がないのか？」

「わたしらは何年も前から、仮面夫婦だったんだよ。こんなことになって、子供たちには迷惑をかけてしまったと反省してる。しかし、妻には特に何も……」

「それはそれとして、背任横領したことを少しは反省しろ！」

浅倉は原を怒鳴《どな》りつけた。

原が首を竦《すく》めて、顔を伏せる。浅倉は島森と菊岡に礼を述べ、仮設取調室を出た。別働隊のアジトを抜けて、エレベーターで十一階に下《くだ》る。

チームの五人は午後二時半までに副総監室に集まることになっていた。隠れ捜査が振り出しに戻ったことで、橋爪刑事部長を交えて作戦を練り直すことになったのだ。

浅倉は急ぎ足で副総監室に向かった。

4

空気が重ったるい。

副総監室である。若月副総監と橋爪刑事部長は、コーヒーテーブルの向こう側に並んで腰かけていた。手前のソファには立花と三人の部下が横一列に連《つら》なっている。

「遅くなってすみません。別働隊のアジトに寄ってたものですから」

浅倉は誰にともなく言って、立花の横に腰を落とした。

「立花班長から支援捜査が振り出しに戻った形になりそうだという報告を受けたよ」

橋爪が浅倉に話しかけてきた。

「力不足で申し訳ありません」

「気に病《や》むことはないさ。回り道をしたのは、ほんの数日じゃないか」

「そうですが……」

「『くつろぎ商事』の原専務は経理部長の落合を抱き込んで、食材納入業者たちから約三億六千万円のリベートを吸い上げてた。背任横領を暴くことができたわけだから、チームの支援捜査は無駄じゃなかったさ」

「ですが、本事案の被疑者《マルヒ》はいまも割り出せてません。まだ香月理恵と田浦拓海は灰色のままですが、おそらくシロだと思います」

「そう。しかし、その二人がシロだと確認できるまで動きを探りつづけたほうがいいんじゃないのかね」

「ええ、念には念を入れたほうがいいでしょう。その二人の対象者には、別働隊が張りついてもいいと島森隊長から申し出がありました。立花さんが承諾してくれれば、部下たちに香月と田浦をマークさせると隊長はおっしゃっていました。ご判断を……」

浅倉は、かたわらの班長を見た。

「島森隊長から、そうした提案があったのは別に疑わしい人物が捜査線上に浮かんできたからなんだね？」

「そうです。島森隊長と推測を重ねてるうちに、『くつろぎ商事』オーナー社長の所光夫か樋口顧問弁護士の弱点を山中啓太が握って、それを切札にし、労働条件の改善を会社側に迫ったのかもしれないと筋を読むに至ったわけです。てっきり被害者《マルガイ》が原の背任横領をカードに使ったと思っていましたが……」

「そうでないことは、別働隊の取り調べでわかった」

「ええ、そうですね。原利夫は背任横領のことを武装捜査班《う ち》に暴かれたら、身の破滅だと思いつめ、風巻誠にチームメンバー全員を射殺してくれと依頼しただけでした。山中の事件には関与してなかったんです」

「そうだったか。創業者の所社長はなかなかの遣《や》り手のようだから、過去に何か後ろ暗いことをしたのかもしれないな」

「島森さんもこっちも、そう考えたんですよ」

「そう。しかし、東京地検の元検事だった樋口弁護士に致命的な弱みなんかあるんだろうか」

「優秀なヤメ検弁護士は、たいてい大企業に顧問として迎えられています」

「そうだね」

「ですが、樋口にはそういうオファーはなかったようです。華々《はなばな》しく転身できなかったのは何か問題があったからなんでしょう。だから、ブラック企業と噂されてる『くつろぎ商事』の顧問弁護士に甘んじてるんじゃないですか」

「そうなのかもしれないな」

「立花班長、それは考えられそうじゃないか」

橋爪刑事部長が言って、若月副総監に相槌《あいづち》を求めた。若月が無言でうなずく。

「香月理恵と田浦拓海の二人には別働隊に張りついてもらいます。刑事部長、それでよろしいですね？」

立花が橋爪に許可を求めた。

「そうしてもらってくれないか」

「わかりました」

「きみら四人は二班に分かれて、所社長と樋口弁護士の周辺の人間に会うつもりなんだな？」

橋爪刑事部長が浅倉に問いかけてきた。

「その前に、被害者が内部告発をする気でいたときに協力を求めたフリージャーナリストの垂水恭平と山中啓太の母親にもう一度会ってみたほうがいいと思うんですよ。もしかしたら、どちらかから何か手がかりを得られるかもしれませんので」

「そうだな。そうしてもらってから、所社長と樋口弁護士をよく知ってる人たちにも会ってみてくれないか。立花君、それで問題ないだろう？」

「はい」

立花が同調した。浅倉は班長に顔を向けた。

「こっちと宮内は、垂水の自宅兼仕事場に向かいます。乾・蓮見ペアには、被害者宅に行ってもらおうと思ってるんですが……」

「それでかまわないよ。その後、それぞれの対象者《マルタイ》の周辺の者から新事実を探り出してくれないか」

「わかりました」

「わたしは原が捜二の取り調べで新たな供述をしなかったかどうか確認するよ。もちろん、風巻、横溝、チャチャイの三人が玉川署で供述内容を変えないかもチェックする」

立花が口を閉じた。ほとんど同時に、若月副総監が武装捜査班の五人を鼓舞《こぶ》した。

「きみらは優秀なんだ。これまでに捜査が難航してる殺人事件の真相を十件以上も突きとめてくれた。少し迂回《うかい》することになったが、自信を失わないでほしいな」

「ご心配なく。別に捜査ミスをしたわけではありません。捜査対象者の洗い直しに少し手間取っただけで、メンバーの士気は落ちていないですよ」

立花班長が応じた。

「そうだろうな。若いときは、ちょっとしたことで落ち込んだりしがちだから、奮《ふる》い立たせる必要があると思ったんだ」

「お気遣い、ありがとうございます。メンバーが力を併《あわ》せて必ず事件に片をつけてみせます」

「頼もしい言葉を聞かせてもらったんで、わたしは安心したよ。隠れ捜査は何かとやりにくいだろうが、頑張ってくれないか。頼むぞ」

若月がメンバーの顔を順に眺めた。五人は、ほぼ一斉にうなずいた。

「きみらは早速《さっそく》、動いてみてくれないか」

立花が主任の浅倉に言った。

浅倉は三人の部下に目で合図した。宮内たち三人がソファセットから離れる。浅倉も立ち上がった。

四人は副総監室を出ると、別々にエレベーターで地下三階の車庫に下《くだ》った。

玲奈がエルグランドの運転席に乗り込む。ペアを組む乾が助手席に坐った。

「エンジンをかけておきます」

元ＳＰの宮内が言って、スカイラインに駆け寄った。

そのすぐ後、浅倉の懐で私物のスマートフォンが振動した。すぐにスマートフォンを摑み出す。

発信者は芳賀真紀だった。

「仕事中でしょうけど、一分だけ時間をもらえる？」

「ああ、いいよ。何か困ったことが起こったのかな。そうだとしたら、職務を後回しにしても力になるよ」

「わたしの身に何か起こったわけじゃないの。浅倉さんのことで、ちょっと気がかりなことがあったのよ。でも、言わないほうがいいのかもしれないな」

「そこまで言ったんだったら、喋《しゃべ》ってほしいな。めったなことでは驚かないよ」

浅倉は先を促した。

「それなら、言っちゃうわね。きょうの明け方、とても厭《いや》な夢を見たの。凶悪犯に浅倉さんが撃ち殺される夢だったのよ。五、六発撃たれたあなたは即死状態で、身じろぎ一つしなかったわ」

「そう」

「特命捜査には常に危険が伴《ともな》うだろうなと思ってたんで、あんな夢を見てしまったんでしょうね。ほら、明け方に見る夢は……」

「正夢が多いと言われてるな」

「ただの迷信だと思うけど、なんだか落ち着かなくなってしまったのよ。それで職場をちょっと抜け出して、あなたに電話しちゃったの」

「おれの身を心配してくれて、ありがとう。嬉しいよ」

「きょうの任務は危なくないの？」

「聞き込みをするだけだから、危険な目に遭《あ》ったりしないだろう」

「それなら、安心できそうね。でも、きょうは無理なことはしないで。浅倉さんにもしものことがあったら、わたし、ショックでいつまでも立ち上がれないと思うわ。あなたと親しくなって日は浅いんだけど、運命的な出会いだったという気がしてるの」

「おれも、きみとは長いつき合いになるような予感がしてるよ」

「そうなってほしいわ。先のことはどうなるかわからないけど、できるだけ長く浅倉さんのそばにいたいの」

「そんなことを言われたら、職務をほうり出して、きみに会いに行きたくなるな」

「嬉しいけど、いまは任務を優先させて」

「事件が解決したら、濃密な時間を過ごそう」

「ええ、連絡を待っています」

真紀が甘やかな声で言い、先に電話を切った。

浅倉はスマートフォンを上着の内ポケットに仕舞《しま》い、スカイラインに駆け寄った。助手席に乗り込むと、宮内が確かめた。

「通話相手は女性ですね」

「おれ、にやついてたか？」

「ええ、少しね。ただの遊び相手じゃない感じでしたけど……」

「相手に惚《ほ》れちゃったようなんだ」

「それだったら、そろそろ年貢《ねんぐ》を納めたほうがいいんじゃありませんか？」

「来月、美人スポーツインストラクターと結婚するからって、おれまで所帯持ちにさせないでくれ。電話の相手にのめり込みそうだが、結婚までは考えてないんだ」

「まだ女遊びをする気なんですか」

「そんなに呆《あき》れた顔するなって。世の中には、いい女がたくさんいるからな。ちょっとやそっとじゃ、結婚相手なんか決められないよ」

「リーダーの女好きは、もう病気ですね」

「言いたいことを言いやがって、垂水恭平の自宅兼仕事場は本駒込五丁目だよ」

浅倉は告げた。すでに乾・蓮見班の車はスロープを登りはじめていた。

宮内がシフトレバーをD《ドライブ》レンジに入れ、アクセルペダルを踏み込んだ。滑らかな発進だった。

スカイラインが白山通りに入って間もなく、宮内が口を開いた。

「殺害された山中は、どっちかって言うと、気弱な男だったと思うんですよ。そういうタイプの人間が所社長か樋口弁護士の弱点を誰かに探させて、それを交渉の切札にするでしょうか？」

「『くつろぎ商事』がチェーン店の店長たちを大事にしてたら、そんなことは考えないだろう。しかし、山中啓太は会社に扱《こ》き使われて、不満を募《つの》らせてたにちがいない」

「ええ、そうでしょうね」

「おとなしいタイプの男は忍耐強いんだろうが、キレたら、怒りを一気に爆発させるんじゃないのか」

「そういう傾向はあると思います。山中は長時間労働を強《し》いられて、心身ともにくたびれ果てたんでしょうから」

「弱者の逆襲は迫力があるからな」

「それはわかりますが、オーナー社長や顧問弁護士の弱みを切札にして労働条件の改善を求める気になりますかね。運営会社がブラック企業だとわかったら、転職するんではありませんか？」

「山中は大学を出てないという ハンディを自覚してたから、正社員として長く働ける職場にしがみつきたかったんだろう。転職を繰り返したら、もっと生きづらくなることを知ってたはずだ」

「そうでしょうね」

「それだから、山中啓太は心のバランスを崩すほど過酷な日々に耐えてたんだろう。だが、もはや限界に達してた。それで、山中は捨て身で会社に楯突《たてつ》く気になったんじゃないのか」

「そうなのかもしれませんが、牙の剝《む》き方がアウトローっぽいでしょ？」

「確かに、そうだな。真面目に地道に生きてきた二十八歳の山中が思いつくような対抗策じゃないか。誰かに唆《そそのか》されたのかもしれないが、その人物には思い当たらないんだよ」

「社会派ノンフィクションライターの垂水恭平が脅迫で『くつろぎ商事』と渡り合えとアドバイスしたとは考えられません？」

「それは考えられないな」

浅倉は言下《げんか》に否定した。

「『くつろぎ亭』のチェーン店の店長を辞めた元先輩社員が山中に悪知恵を授《さず》けたんじゃ

ありませんかね。そいつは復職を狙ってたわけではなく、後輩の山中を焚《た》きつけて社長か顧問弁護士から口止め料の類《たぐい》を脅し取ろうとしてたのかもしれませんよ」

「そういう推測もできなくはないが、山中は特に先輩たちや他の店長とつき合ってなかったはずだ。そういう奴がいたら、捜査資料に載ってただろう。そんなことは記《しる》されてなかっただろ？」

「ええ、そうでしたね。リーダー、『東京青年ユニオン』が山中に会社側と闘える切札を見つけろと助言したとは考えられないでしょうか。労働者支援組織は、企業の役員たちを敵視しています」

「そうだな」

「経営に携わってる役員や顧問弁護士の弱みを握ってれば、不当解雇など労使のトラブルの際《さい》に強く出ることができるでしょ？」

「そうだが、『東京青年ユニオン』の長坂事務局長は正義感が強そうだからな。そんな汚いやり方を山中啓太に教えたとは思えない。ただ、長坂が過度に山中を支援してたことが妙に気になってな。事務局長は山中と同じように襲われたのに少しもビビらなかった。そのことがどうも……」

「長坂事務局長はそれほど正義感が強く、俠気《おとこぎ》があるんでしょうね。ところで、例の密告電話をかけたのは誰だったんでしょう？」

「昨夜《ゆうべ》、原利夫にそのことで探りを入れてみたんだよ。別働隊がマーガレット・ミッチャムの自宅に到着する前にな」

「原専務が密告電話をかけたんですか？」

「いや、原はきっぱりと否定したよ。専務が山中の襲撃や殺人には絡んでなかったことを考えると、言い逃れじゃなかったんだろう」

「密告電話の主の顔が透けてきませんが、そいつが今回の事件を解く鍵を握ってそうですね」

「だいぶ殺人事件の捜査に馴《な》れてきたじゃないか。そう筋を読んでもいいだろうな」

「もしかしたら、密告電話をかけた奴はこっそり恐喝を働いたことを山中啓太に知られて激しく咎《とが》められたんで……」

宮内が語尾を濁《にご》した。

「仕方なく山中の口を塞《ふさ》ぐことになったんではないか。宮内は、そう推測したんだな？」

「そうです。山中は『くつろぎ商事』と渡り合える切札を手に入れたいとは思っていたかもしれませんが、恐喝や強請《ゆすり》を働くつもりはなかったと思われます。まっすぐ生きてきた被害者は、犯罪に手を染める気なんてなかったはずです」

「そうだろうな。宮内の筋の読み方に全面的にはうなずけないが、参考になったよ。山中が元先輩社員の誰かに会社との団体交渉を実現させたいんだったら、そのぐらいのカードを持たなければ、話にならないと助言されたとも考えられるからな」

「裏付けがあるわけではありませんが、そういうこともあり得るんではないかと思ったんですよ」

「そうか。事件の加害者は悪知恵が回るようだから、犯歴があるのかもしれないぞ。前科がないとしたら、それほど若くはないんじゃないか。おそらく二十代や三十代の犯行《ヤマ》じゃないだろう」

「リーダー、なぜそんなことまで予想できるんです?」

「犯人は、他殺と見せかけた自殺に偽装工作してる」

「ええ、そうですね」

「そうした細工は、二、三十代の者は面倒がるんじゃないか?」

「なるほど、そうでしょうね」

「それから、被害者《マルガイ》は犯人をよく知ってたと思われる。山中は勝手に部屋に押し入ってきた相手に驚いたにちがいないが、物盗《と》りが目的じゃないとわかってたんで、侵入者に組みつかなかったんだろう」

「ただ驚いて突っ立ってたんですかね」

「そうなんだろうな。だから、犯人《ホシ》は山中の片腕を摑んで、指の股に針状の物を突き刺すことができたんじゃないのか」

「多分、そうだったんでしょうね。そして、加害者は茫然《ぼうぜん》としてる山中の片方の腿《もも》を先に浅く刺し、それから心臓部に凶器を深く突き入れたんでしょう」

「若い奴がそんな冷徹な犯行は踏めないと思うな。だから、加害者は中年だろうと睨んだんだよ」

「さすが殺人事件の捜査を数多く手がけてきたリーダーですね。筋の読み方に説得力がありましたよ。論理的な推理でした」

「いや、推理とは言えないな。単なる推測だよ。いわゆる勘に基《もと》づいた推測にすぎないから、少しも論理的じゃないんだ」

「それは謙遜《けんそん》なんじゃないですか。とにかく、リーダーの筋読みにはいちいち腑《ふ》に落ちましたよ。加害者は四、五十代の男だったんでしょう」

「いや、わからないぞ。おれの読みは外れてるかもしれないから、妙な先入観に囚《とら》われないほうがいいな」

浅倉は言って、窓の外に目をやった。

いつしかスカイラインは千代田区《ちよだ》を抜け、文京区に入っていた。もう十数分で、目的地に到着するだろう。

浅倉は背当てに凭《もた》れかかった。

第五章　敗者たちの渇《かわ》き

1

先客は雑誌編集者だった。

浅倉は、垂水宅から出てきた三十代半《なか》ばと思われる男に話しかけた。

「あなたを辞去させる形になって、申し訳ありません」

「いいんですよ。もう仕事の話は済ませて、垂水さんと雑談を交わしてたんで」

「そうだったんですか」

「靴を履《は》いてるときに垂水さんから聞いたのですが、四月に起こった『くつろぎ亭』の店長殺害事件の支援捜査をなさってるとか？」

「ええ、そうなんですよ。あなたは、被害者の山中啓太さんのことをご存じなんでしょうか？」

「いいえ、会ったこともありません。しかし、数年前からブラック企業が社会問題になっていますし、ワーキングプアの問題を絡《から》めて垂水さんに原稿を書いていただくことになってたんですよ」

「そうですか」

「アメリカほどではありませんが、日本でも貧富の格差が拡大しています。年収二百万円に満たない若年層とシングルマザーがいまも増加中です」

「そうらしいですね」

「企業の多くはコストパフォーマンス重視で、働き手に対する思い遣《や》りがありません。労働者をできるだけ安く使って、儲《もう》けることしか考えてないんでしょう。企業を支えてるのは人間なんです。つまり、働き手なんですよ」

「おっしゃる通りですね」

「弱い立場の従業員たちを会社の都合だけで平気で斬り捨てるようでは、いまにこの国は滅《ほろ》びてしまうでしょう」

「矢沢《やざわ》君、そのくらいにしたら？　警察の方たちも忙しいんだろうから」

垂水が困惑顔で雑誌編集者を窘《たしな》めた。

矢沢と呼ばれた男が浅倉と宮内に詫《わ》び、ゆっくりと遠ざかっていった。

「彼、熱血漢みたいですね」

浅倉は垂水に言った。

「いまどき珍しく熱い男ですよ。矢沢君の青っぽさを嘲笑《ちょうしょう》する者が多いようだが、ああいうシンプルさは大事だと思うな」

「ええ。青臭さを恥じることはありませんよね。それはそうと、また捜査に協力していただきたいんですよ。きょうの連れは宮内という者です」

「協力は惜しみません。どうぞお入りください」

垂水が先に家の中に入った。

浅倉と宮内は、玄関ホール脇の応接間に通された。二人は並んでソファに腰を沈めた。

垂水は浅倉の前に坐った。

「早速《さっそく》ですが、被害者が誰かを使って『くつろぎ商事』の所光夫社長か顧問弁護士の樋口泰広の過去や私生活を調べさせていた気配はうかがえませんでした？」

浅倉は垂水に問いかけた。

「そういう様子はありませんでしたね。ただ、山中君は冗談めいた口調で、『オーナー社長か顧問弁護士の弱みを握れば、スタッフ増員の要求はすんなり呑《の》んでもらえるんでしょうがね』と電話で洩《も》らしたことがあったな」

「そうですか。『東京青年ユニオン』の支援だけでは、会社は団体交渉に応じないだろうと弱気になってたので、ついそんな冗談を口にしてしまったんでしょうか？」

「そうなんだろうな。故人は筋の通った生き方をしてましたんで、アウトローみたいなことは考えないでしょう。でも、少し気になることを言ったことがあったな」

「どんなことを言ったんです？」

「『くつろぎ亭』のチェーン店の店長が一年半の間に三人も過労死しましたよね？」

「ええ」

「山中君は、急死した三人の店長は本当に過労による病死だったんだろうかと訝《いぶか》しんでました。もしかしたら、三人のうちの誰かが内部告発する気でいることを会社側が察知して……」

「病死に見せかけて殺してしまったのではないかと疑ってたようなんですね」

「そんな口ぶりでしたよ。病死を装《よそお》って殺害することは不可能ではないでしょう。金で抱き込んだ医師に偽の死亡診断書を書かせれば、警察も疑うことはないでしょうから」

「特におかしな点がなければ、病死として処理すると思います」

「そうでしょうね。『くつろぎ商事』が反旗を翻《ひるがえ》しそうな店長を病死に見せかけて葬《ほうむ》った可能性はゼロじゃないと思うが、そこまではやらないだろうな」

「常識を物差しにしたら、そんなことはやらないでしょう。そのことが発覚したら、会社の存亡に関わる事態になりますので」

「そうですよね」

垂水が相槌を打った。一拍置いてから、宮内が垂水に喋りかけた。

「常識的にはそうなんですが、『くつろぎ商事』がブラック企業と決定づけられるかもしれないんですよ。急死した店長のうちの誰かが長時間労働を強要されてたことを内部告発したら、運営会社は倒産に追い込まれかねません」

「場合によってはね。しかし、『くつろぎ商事』は暴力団の企業舎弟《フロント》じゃない。そんな荒っぽいことはしないでしょ？」

「ブラック企業と見られてる『くつろぎ商事』は、それほどフロントと変わらないんじゃないですか。会社にとって不利益になる社員は平気で抹殺《まっさつ》するんではありませんか？」

「そこまではやらないと思うが、あなたはどう考えてるのかな」

垂水が浅倉に意見を求めた。

「部下の肩を持つわけではありませんが、その疑いはゼロではないでしょう」

「そうだろうか」

「創業者の所社長は、一代で『くつろぎ商事』を急成長させました。自分が生きてる間に会社が潰《つぶ》れるようなことになったら、深い敗北感に打ちのめされるはずです」

「でしょうね」

「総じて創業者はワンマンで、我が強い。成功者としての誇りも持ってるでしょうから、敗北だけは避けたいと考えるんでは……」

「そうかもしれないな。所社長が三人の店長の誰かを医者か看護師に殺させたという疑いは拭《ぬぐ》えないわけか」

「ええ。過労死したと思われてる三人の店長の死因をちょっと調べてみますよ」

「そうですか」

「ところで、その後、『東京青年ユニオン』の長坂事務局長からも取材されました？」

「実はきのうの午後、西新宿七丁目にある事務局を訪ねたんですよ。長坂さんは、食材納入業者からリベートを吸い上げてた原専務が第三者に山中君を始末させたと疑ってました」

「原利夫は山中殺しではシロでした。きょうの夕方にはマスコミで報じられると思いますが、警察は専務を背任横領容疑で逮捕したんですよ」

「えっ、そうなんですか」

「別の捜査員たちが原を厳《きび》しく取り調べたんですが、山中啓太の事件には関与してないことがわかりました」

「わたしも原専務が怪しいと思ってたんだが……」

「被害者は、『東京青年ユニオン』の支援だけでは心許《こころもと》ないと思ってたんじゃないですかね」

「おそらく、そう思ってたんだろうな。それだから、山中君はわたしに内部告発に手を貸してもらえないかと言ってきたんでしょう」

「ええ、そうなんだと思います。長坂事務局長は、被害者が垂水さんの力を借りて内部告発する気でいたことは知ってたんでしょうか？」

「わたしが取材で事務局を訪ねるまで、長坂さんはそのことを知らなかったと言って驚いてたな。山中君は、支援してくれてた長坂事務局長には打ち明けにくかったんでしょう。長坂事務局長が頼りにならないから単独で内部告発する気になったと伝えたら、恩人に失礼になりますので」

「長坂事務局長の反応はどうでした？」

浅倉は訊《たず》ねた。

「複雑そうな表情をしてたな。でも、長坂さんはわたしに全面的に協力して『くつろぎ商事』を糾弾《きゅうだん》したいと熱っぽく語ってましたよ。長坂事務局長は、不当な扱いをされてる労働者を本気で支援してるんだろうな。なかなか真似はできません」

「ええ、立派ですね」

「大手化学メーカーでおとなしく働いていれば、いまごろ長坂さんは役員になってたかもしれない。しかし、不本意な生き方をしたら、悔いを残すことになると人生観を変えたんでしょう」

「こっちにも、そのようなことをおっしゃっていました。勤め人の大半がパンの糧《かて》を得るだけの人生は虚《むな》しいと思いつつも、大胆に生き方を変えることはできません」

「家族を背負ってたら、自分だけ理想的な生き方を貫くことなんかできませんからね。長坂さんはだいぶ悩んだ末、価値観を変えたんだろうな」

「ええ、そうなんでしょう。生き方を変えるには、それなりの覚悟と勇気が必要です。俗人のこちらには、とても真似できないな」

「わたしもそうだね」

「垂水さんは筋の通った生き方をされてるから、素晴らしいですよ」

「身勝手に生きてるだけなんだ」

垂水が照れた。少し間《ま》を取ってから、宮内が垂水に語りかけた。

「あなたも長坂さんも損得抜きで、他者を利することを常に心掛けていらっしゃるんでしょうね」

「そんな気負いはないよ、わたしには。器用に生きることができない男女が割を喰う社会はおかしいと感じてるだけなんだ。利他《りた》の精神がどうとかじゃないんだよ」

「そうなんでしょうが、尊敬に値《あたい》します」

「宗教家じゃないんだから、そんな禁欲的《ストイック》な生き方をしてるわけじゃないんだ。俗物も俗物さ。それでも、自分に恥じないような姿勢は保《たも》ちつづけたいと思ってる。労働者支援活動に熱心な長坂さんも、それは同じだろうな」

「それがリスペクトに値するんですよ」

「買い被《かぶ》りだって、それは。長坂さんのことは知らないが、わたしは俗っ気が抜けてない。金銭欲はそれほど強くないが、自分の著書はそこそこ売れてほしいと願ってる。高名なノンフィクション・ライターは別だが、多くのフリージャーナリストは経済的に恵まれてないんですよ。本の印税や原稿料よりも取材費のほうがかかってしまうことも珍しくない」

「出版社から取材費は出ないんですか？」

「新聞社や雑誌社に取材費を負担してもらえる人気ライターは、数えるほどしかいないんじゃないかな。もちろん、総合月刊誌なんかのルポ依頼を受けたときは取材費を後日払ってもらえるけどね」

「単行本なんかの場合は通常、取材費を負担してもらえないんですか」

「そうなんだ。だから、著書がたくさん売れないと、満足には喰えないんですよ。わたしはたまたま実家を相続したので、家賃がかからないから」

「生活できてるわけですか」

「そうです。同業者の多くは喰うために無署名で雑文を書いたり、週刊誌の取材記者《データマン》をやって生活費を稼《かせ》いでます」

「それは大変だな」

「経済的に恵まれない職業なんで、転職する者もいます。その一方で貧乏しながらも、自分のテーマをしぶとく取材して本にしてるライターもいる」

「垂水さんは、その代表格なんでしょ？」

「そんな大家じゃありませんよ。しかし、ずっと仕事はしたいな。だけど、喰うや喰わずの暮らしが長くつづいたら、志《こころざし》を保《たも》ちつづけられるかどうか」

「『東京青年ユニオン』の長坂事務局長も、金銭的にはあまり報《むく》われてなさそうだな」

「そうだろうね。金より大切なものを優先したいと思ってても、聖者ではない。うまいものをたらふく喰いたいと思うこともあるだろうし、高級クラブで飲んでみたいと考えるときだってあるんじゃない？」

「長坂さんはまだ四十八歳ですから、女遊びをしてみたいと思うこともあるんじゃないですかね」

浅倉は部下を手で制し、先に口を開いた。

「女遊びはともかく、五十前なんだから、身を焦《こ》がすような恋愛をしてみたいと切望することもありそうだね」

「男は惚《ほ》れた相手にいいとこを見せたくなる傾向がありますでしょ？　そんなときに金銭的な余裕がなかったら、高潔《こうけつ》な生き方を選んだことを……」

「後悔するかもしれないな。わたしもまとまった金を工面《くめん》できなかったときは情けなくなりましたよ。もっと稼げる仕事を選ぶべきだったと思ったことが一、二度あったな」

「そうですか。長坂さんもそんな気持ちになったことがあるんだろうな」

「ええ、おそらくね。金がないことで、惨《みじ》めな思いをしたことはありそうだな。若いときはたいして落ち込んだりしないでしょうけど、中高年になって金のことで辛《つら》い思いをさせられるのはきつい。仕事に対する情熱や誇りばかりを大切にしてたら、暮らしにくくなると考えるかもしれないね」

「金銭的に追い込まれたら、もっと楽な生き方をしようと考えるんじゃないですか」

「だろうね。現に知り合いのライターが自分の息子の難病の高額医療費を工面しなければならなくなって、ゴシップを暴《あば》くライターに堕落《だらく》した。正義感の強い男で、ノンフィクション・ライターとして大いに期待されてたんだけどな」

「自分の志と家族愛を秤《はかり》にかけたら……」

「家族愛のほうが重かったんでしょう。保険の使えない先進医療のおかげで、彼の子供は健常者と同じような生活ができるようになったんだ」

「それはよかったな」

「父親としては立派に役目を果たしたわけだが、失ったものは大きかったはずだ。社会派ノンフィクション・ライターとして復活はできなかったんですよ。いまやブラックジャーナリストのレッテルを貼られて、旧知のライター仲間や雑誌編集者は誰ひとりとして寄りつかなくなってしまった」

「自業自得と斬り捨てるのは気の毒ですね。その彼は最愛の息子が健康になることを願って、自分の生き方を変えざるを得なくなったんでしょうから」

「確かに同情の余地はあるんだが、恐喝めいたことをして高収入を得てたんでは昔の仲間は誰も近づかなくなるよ」

「人生には、意外な落とし穴があるんですね」

「落とし穴だらけなんじゃないのかな。わたしにしても長坂さんにしても、何か切羽詰《せっぱ》まった事情があったら、生き方を変えざるを得なくなるでしょう。一寸先はまさに闇だね」

垂水は軽い口調で言ったが、心の中で自分を戒《いまし》めているのかもしれない。

「ブレない生き方をするのは難しいんだろうな」

「生きにくい時代だからね。それでも、わたしは山中君のためだけではなく、自分のためにも若い労働者を使い潰してるブラック企業をペンで告発しますよ。『くつろぎ商事』の妨害があっても、ペンは絶対に曲げない」

「被害者に代わってお願いします。ご協力、ありがとうございました」

浅倉は一礼し、ソファから立ち上がった。相棒の宮内も腰を上げた。

垂水に見送られ、ポーチに出る。浅倉たちは垂水宅を辞去すると、路上に駐《と》めたスカイラインに乗り込んだ。

「被害者は垂水さんに冗談めかして言ったみたいですが、実は本当に所社長や樋口弁護士の弱点を誰かに握ってもらってたんじゃありませんか?」

宮内が言って、エンジンを始動させた。

「そうだったとしたら、山中啓太は創業者か顧問弁護士に切札をちらつかせたんで、命を奪われたと疑えるな」

「そうなのかもしれませんよ」

「オーナー社長と顧問弁護士に関する情報を集める前に立花さんに頼みごとをしておこう」

浅倉は懐《ふところ》から刑事用携帯電話《ポリスモード》を摑み出し、武装捜査班の班長のポリスモードを鳴らした。

スリーコールで電話は繋がった。浅倉は、聞き込みで得たことを真っ先に報告した。

「被害者は誰かに所社長と樋口弁護士の弱点を調べさせて、会社に労働条件の改善を求めたのかもしれないぞ」

立花が言った。

「宮内も同じことを言ってました」

「浅倉君も、そう推測したのか?」

「そういうふうにも筋は読めるんですが、創業者も顧問弁護士も、代理殺人を第三者に依頼するなんてリスクは取らないでしょう？」

「確かにリスクが大きすぎるね」

「もう少し聞き込みをすれば、そのあたりのことは見えてくると思います。それはそうと、過労死した三人の店長の死の真相を急いで探《さぐ》ってもらいたいんですよ。三人のうちの誰かが山中と同じように内部告発する気だったとしたら、病死ではなく……」

「『くつろぎ商事』の関係者が、その店長を何らかの方法で殺した疑いが出てくるわけだな」

「そうです。検視をした所轄署から死体検案書を別働隊の隊長に取り寄せてもらって、記述事項に不自然な点はないかどうかチェックしていただけますか？」

浅倉は頼んだ。

「わかった。死体検案書に不審な箇所があったら、『くつろぎ商事』に抱き込まれたドクターかナースがいそうだね」

「ええ」

「すぐ手配するよ。別働隊は二班に分かれて香月理恵と田浦拓海に張りついてるんだが、いまのところ双方におかしな動きはないらしい」

「そうですか。おれたち二人は飯田橋にある『くつろぎ商事』の本社周辺で所社長に関する情報を集めてから、銀座の樋口法律事務所に回る予定です」

「わかった」

「班長、乾・蓮見班から経過報告がありました？」

「まだ報告はないんだ。被害者の母親の山中敏子は外出してて、まだ接触できてないのかもしれないな」

立花が言った。

「そうなんでしょうか」

「急死した三人の店長のうちの誰かが実は病死ではなく、殺害されてたんなら、所光夫社長か樋口弁護士のどちらかが医者か看護師を抱き込んで内部告発する気でいた者を永久に眠らせたんじゃないか」

「その疑いは拭えませんね」

「顧問弁護士は『くつろぎ商事』の役員じゃないわけだから、オーナー社長のほうが疑わしいな」

「そうですが、樋口弁護士は何か致命的な弱みを山中啓太に知られてしまったとも考えられます」

「そうだね。どちらも疑わしいな」

「ええ。何か手がかりを得たら、班長にすぐ報告します」

浅倉は通話を切り上げ、宮内に合図を送った。スカイラインがゆっくりと動きはじめた。

2

社員たちの口は一様《いちよう》に重かった。

浅倉・宮内コンビは、『くつろぎ商事』の運営会社近くの路上に立っていた。人目につきにくい場所だった。

二人は運営会社から社員が出てくるたびに声をかけた。だが、所社長の過去について語ってくれる者はいなかった。

捜査資料によると、創業者の所光夫は三十代の前半まで池袋でホルモン焼きの店を経営していた。モツの仕入れ値は安い。薄利多売で儲けた金で、所社長はサイドビジネスとして高利貸しをしていた。無届け営業で一度摘発されているが、その後も闇金融で相当な利益を上げていたようだ。

そうして貯《たくわ》えた金で、『くつろぎ亭』の一号店を巣鴨《すがも》にオープンさせた。その後は順風《じゅんぷう》満帆《まんぱん》で、今日に至る。事業資金は闇金融業で捻出《ねんしゅつ》したわけだが、それからは真っ当なビジネスで会社を大きくしてきたと思われる。

「みんな、創業者のことを話したがらないのはオーナー社長に何か疚《やま》しい点があるのを知ってるからなんじゃないですか」

宮内が『くつろぎ商事』の自社ビルに視線を向けながら、小声で言った。

「疚しい点とは？」

「原専務が個人的に食材納入業者たちからバックリベートを貰ってたんではなく、実は会社ぐるみのたかりだったのかもしれませんよ」

「そうだったんなら、原はそのことを喋ってたんじゃないか。背任横領で起訴されたら、専務はもう終わりだからな。自分ひとりが罪を被るのはばからしいと思って、社長命令か黙認で出入り業者にキックバックさせてたことを吐くと思うよ」

「会社ぐるみのたかりだと吐いたら、原は所社長に消されるかもしれないとビビったんじゃないでしょうか」

「そうなのかな」

「過去に殺人事件の実行犯が自費で指定の仕出し弁当業者の幕の内弁当を喰って、留置場《トリカゴ》で死んだことがありましたでしょ？」

「何年か前にそんな毒殺事件があったな」

浅倉は答えた。

留置中の被疑者は金さえ払えば、出前の弁当などを食べることができる。話題にのぼった毒殺事件の被害者は、代理殺人の依頼人に毒を盛られてしまったのだ。加害者は仕出し弁当屋の配達人にもっともらしく話しかけ、隙《すき》を見て幕の内弁当のおかずに青酸化合物を混入させて実行犯の口を封じた。

その事件はマスコミで派手に取り上げられた。そのせいか、各所轄署の〝自弁〟のチェックは厳しくなった。折り箱を開けた痕跡があれば、留置中の被疑者には届けられない。容器に不審な穴があっても、廃棄処分されている。

「原は自分が毒殺されることを恐れて、バックリベートが会社ぐるみのたかりだとは言わなかったんではないのかな。リーダー、所社長はホルモン焼き店をやってるころに高利貸しを副業にしてたんです。抜け目なく生きてきた奴が専務の背任横領に気づかないわけないでしょ？」

「言われてみれば、そうだろうな」

「山中啓太は会社ぐるみのたかりの証拠を誰かに握ってもらって、所社長に労働条件の改善を求めたのかもしれませんよ」

「オーナー社長は会社ぐるみのたかりを暴かれるのを恐れて、犯罪のプロに山中を殺《や》らせたんではないかという読みだな？」

「ええ、そうです」

宮内がうなずいた。

「そう疑えなくもないな。だが、会社ぐるみのたかりだったという証拠はない。多分、社員たちから有力な証言は得られないだろう」

「でしょうね。リーダー、この周辺の飲食店を回ってみましょうよ。会社の社員食堂は大きくないみたいで、近くの喰いもの屋で昼食を摂《と》る者もいるようですので」

「そうするか」

二人は『くつろぎ商事』の周《まわ》りにある洋食屋、ラーメン屋、日本蕎麦《そば》屋、パスタ屋、コーヒーショップを一軒ずつ訪ねた。しかし、リベートに関する噂《うわさ》を耳にした店主や従業員はいなかった。

「リーダー、所社長に直《じか》に鎌をかけてみませんか。反則技はあまり使いたくないんですが、相手は海千山千《うみせんやません》でしょうからね。合法捜査で、会社ぐるみのたかりの裏付《ウラ》けを取るのは難しいんじゃないですか」

「だろうな。よし、その手でいこう」

浅倉は部下の提案を受け入れた。

二人は、『くつろぎ商事』の本社のある方向に戻りはじめた。スカイラインは路上駐車したままだった。運営会社の前に五十代後半に見える男が坐り込んでいた。怖《こわ》い顔で、玄関のあたりを睨《にら》みつけている。

「取引先の人間かもしれませんね。ちょっと確かめてきます。リーダーは、ここで待機しててください」

宮内が言って、運営会社の前まで走った。

浅倉は道端にたたずみ、部下の動きを見守った。宮内が警察手帳を呈示し、坐り込んでいる男に何か言っている。

ほどなく男が立ち上がり、宮内と一緒に浅倉に近づいてきた。浅倉は相手に会釈《えしやく》した。

「この方は調味料の納入業者だったらしいんですが、先々月、一方的に『くつろぎ商事』から取引停止の通告をされたそうです」

宮内が足を止め、浅倉に言った。

「警視庁の浅倉と申します」

「わたしは大江《おおえ》、大江卓郎《たくろう》といいます。各種の食用油や香辛料の卸《おろ》しをやってるんですよ。『くつろぎ商事』はいい取引相手だったのですが、二カ月前に納入を断られてしまいました」

「取引が停止になったのは、なぜなんです？」

「ターメリックの缶に虫の死骸《しがい》が入ってたから取引を中止したいと言ってきたんですが、それは言いがかりですよ。香辛料のメーカーは、どこも衛生管理がパーフェクトなんです。虫の死骸入りのターメリックを問屋に納入するわけないっ」

「なぜ取引停止にされたか、思い当たります？」

「もう喋っちゃいますが、わたしたち納入業者は売上金の十五パーセントをバックリベートとして払わされてきたんですよ」

「そのことは調べ済みです」

「そうですか。そこまでサービスしてるのに、三カ月前に原専務から電話がかかってきて、各社一律に二百万円ずつカンパしてくれと言われたんです。所社長はレアな錦鯉《にしきごい》ばかりを自宅の池で飼ってるんですよ、数十匹もね。最も高い錦鯉は三千万円もするんですって」

「超高級外車並の値段だな」

「そうですね。その高価な錦鯉が死んでしまったんで、社長はショックを受けて元気がなくなったらしいんです。それで、原専務は同じぐらい価値のある錦鯉を納入業者たちのカンパでプレゼントしたいと言ってきたんですよ」

「大江さんはカンパしなかったので、その仕返しに取引業者から外されてしまったんですね？」

「そうに決まってますよ。毎月、キックバックさせられてる。その上、各社二百万ずつカンパしろなんて横暴すぎるでしょ？　わたしは腹が立ったんで、カンパしなかったんですよ。そしたら、取引停止の通告が届いたわけです」

「それで、所社長に直談判《じかだんぱん》しにきたんですね？」

「そうです。応対に現われた副社長に、きょうは所社長、目白台《めじろだい》二丁目の自宅で休養を取ってるから、出直してくれと言われました。わたしは頭にきてたんで、所社長をすぐ会社に呼べと言ってやったんです」

「所社長が出社するまで、本社ビルの前に坐り込むつもりだったようですね」

浅倉は言った。

「ええ、そうする気でいました」

「食材納入業者たちにキックバックさせてたのは、会社ぐるみでやってることなんでしょうか？」

「多分、そうなんでしょう。経理部長が窓口になってますが、原専務が直《じか》にカンパの件を持ち出したんですから、当然、所社長も……」

「会社ぐるみのたかりだったのかな」

「と思いますよ。おそらくリベートの大半は所社長の懐に入ってたんでしょう。オーナーは、その金で高い錦鯉を買い集めてたんだろうな。くそっ」

大江が忌々《いまいま》しげに毒づいた。少し間《ま》を取ってから、宮内が大江に問いかけた。

「四月六日に『くつろぎ亭』の野方店の店長を務めてた山中啓太さんが自宅マンションで刺殺された事件は知ってますでしょ？」

「もちろん、知ってますよ」

「わたしたちは、その事件の捜査を担当してるんです」

「そうなんですか。チェーン店の店長さんは長時間労働を強《し》いられて、かわいそうですよね。一年半年足らずのうちに三人の店長が過労死しました」

「そのことは知っています。山中さんは自分が心身ともに限界に達してたし、店長仲間が相次いで三人も急死したので、運営会社にスタッフの増員を要求してたんです」

「その要求は受け入れられたのかな？」

「いいえ、駄目でした。それで被害者は労働者支援組織の力を借りたんですが、会社側は団体交渉も拒絶しました。困り果てた山中さんは硬骨漢で知られるフリージャーナリストに相談して、内部告発の準備をしてたんですよ」

「その矢先に殺されてしまった？」

「ええ、そうです」

「なら、所社長に雇《やと》われた人間に野方店の店長は殺《や》られてしまったんでしょう。おそらく、そうなんだと思いますよ」

「会社ぐるみで、食材納入業者たちにたかってたんなら、そう疑いたくなりますよね」

「オーナー社長をとことん調べてみたほうがいいと思います。『くつろぎ商事』はブラック企業そのものですよ。そんな会社には見切りをつけたほうが利口だろうね。所社長に文句を言って取引を再開させようと考えてたんだが、やめることにします」

大江が車道に寄って、タクシーの空車を拾った。

「オーナー社長は会社にはいないようだな。宮内、所社長の自宅に行ってみよう」

「了解！」

二人は十数メートル歩いて、スカイラインに乗り込んだ。

その直後、浅倉の懐で刑事用携帯電話《ポリスモード》が着信音を発した。ポリスモードを掴《つか》み出す。発信者は立花班長だった。

「別働隊の島森隊長が過労死した三人の店長の死体検案書の写しを手に入れてくれたんだが、不審な点はまったくなかったよ」

「そうですか。『くつろぎ商事』が医療関係者を抱き込んだかもしれないと考えたのは、勘繰《かんぐ》りすぎだったわけか」

「そうなんだろうね。三人のうちの誰かが殺された可能性はゼロだろうな。若死にした店長たちは長時間労働を強要されたんで、過労死したにちがいない。会社は、それを認めなかったんだが……」

「遺族は、さぞ悔しい思いをしたでしょうね」

「従業員を大切にしない企業は、そのうち社業が傾くだろう。経営者ばかりが甘い汁を吸いつづけたら、しまいに社員たちが離れていく」

「そうなるでしょうね。三人の店長は病死に間違いないんでしょうが、所社長が疑わしくなってきました」

浅倉は、大江から聞いた話をそのまま班長に伝えた。

「食材納入業者の売上金の十五パーセントを会社ぐるみでキックバックさせてたとなると、トップの所光夫が殺し屋《プロ》を雇って山中啓太を殺させたのかもしれないな」

「その疑いはありそうですね。所社長は目白台の自宅にいるようですから、これから宮内と鎌をかけてみます」

「それはいいが、人権問題にならないよう上手に探《さぐ》りを入れてくれないか」

「心得ています。乾か蓮見から、まだ報告はありませんか？」

「連絡がないんだよ。被害者の母親は、まだ外出先から戻ってないんだろうね」

立花がそう言い、先に電話を切った。

浅倉はポリスモードを上着の内ポケットに突っ込み、宮内に通話内容をかいつまんで話した。

「三人の店長は病死でしたか。会社にさんざん扱《こ》き使われて、二、三十代で生涯を終えた故人たちはあの世で『くつろぎ商事』を呪《のろ》ってるだろうな。ブラック企業は、すべて倒産しちゃえばいいんですよ」

「いつも冷静な宮内が珍しく激《げき》したな」

「アンフェアなやり方で利潤ばかりを追求してる会社の経営者たちの卑《いや》しさに心底《しんそこ》、憤《いきどお》ってるんです」

「こっちもブラック企業をぶっ潰したいと思ってるよ。強請屋《ゆすりや》を装って、所光夫を揺さぶってみよう。シラを切りつづけてるようだったら、拳銃をちらつかせてやる」

「所社長がもっと若かったら、銃把《グリップ》の角で側頭部を強打したいところですが、八十近い老人にそこまでやるのはちょっとね」

宮内が言って、車を発進させた。浅倉はダッシュボードの時計に目をやった。午後四時半を回っていた。

所社長の自宅に着いたのは、およそ二十分後だった。

一際《ひときわ》目につく豪邸だった。敷地は三百坪近くありそうだ。石塀《いしべい》に沿《そ》って目隠しの常緑樹が連《つら》なっている。家屋は奥まった場所に建っているようで、通りからは見えなかった。

宮内がスカイラインのエンジンを切ったとき、所邸から柴犬《しばいぬ》の引き綱《リード》を握った男性の高齢者が姿を見せた。所光夫だった。

「サングラスをかけろ」

浅倉は部下に言って、カラーシャツの胸ポケットから色の濃いサングラスを取り出した。宮内は早くもサングラスで目許《めもと》を覆《おお》っていた。

「犬を散歩させるみたいですね。リーダー、すぐに所社長を呼び止めます？」

「いや、少し後を尾《つ》けよう。オーナー社長が人のいない場所に差しかかったら、声をかけようじゃないか」

　浅倉もサングラスをかけた。

　所光夫は飼い犬に引っ張られながら、警察車輛の横を通り抜けた。三、四十メートル離れてから、浅倉たちは静かに車を降りた。

　所社長は日本女子大のキャンパス周辺をのんびりと進み、護国寺《ごこくじ》のそばのビル建設予定地に犬と一緒に入っていった。そこは無人だった。

　整地されているが、まだ基礎工事ははじまっていない。所光夫は中央のあたりで立ち止まり、犬の首輪からリードを外した。

　茶色い柴犬は嬉《うれ》しそうに尻尾《しっぽ》を振ると、ビル建設予定地の端まで一気に駆けていった。浅倉たちは顔を見合わせ、足早に『くつろぎ商事』のオーナー社長に近づいた。

　気配を感じた所が振り返る。

「二人ともサングラスなんかかけて、なんだか怪しいな。何者なんだ？」

「強請《ゆすり》で喰ってるんで、名乗るわけにはいかないんだよ」

　浅倉は凄《すご》んだ。

「わたしに弱みなんかないぞ。女遊びはとうに卒業したんでね」

「あんたの会社はブラック企業だな。チェーン店の店長を正社員にしてやって、長時間労働を強《し》いてる。売上が目標額に達しないと、飯田橋の本社に店長を呼びつけて、無能呼ばわりしてるよな？　辛い仕事で身も心もボロボロになった三人の店長が一年半の間に過労死した。それでも、会社は労災とは認めようとしなかった」

「急死した三人は仕事が終わった後、飲み歩いてたんだよ。健康管理ができてなかったんで、若死にすることになったんだ。労災なんかじゃない」

「その件は水掛け論になりそうだから、ま、いいだろう。あんたは金の亡者《もうじゃ》なんだな。食材納入業者たちの売掛金の十五パーセントをキックバックさせてた。リベートは会社の口座に振り込まれてた。その分を落合経理部長がうまく帳簿処理し、リベート分の現金を原専務に渡してた。どこか違うか？」

「そ、そんなことはしてないっ」

「原専務が警察で、そのことを認めてるんだよ。おれたちは警察関係者から確かな情報を得てる」

「原が取引業者からバックリベートを貰ってたなんて話は信じないぞ。専務はそんなことをするような男じゃない」

「黙って話を聞け！　野方店の店長をやってた山中啓太は過酷な労働に耐えられなくなって、スタッフを増員してほしいと願い出た。しかし、会社には取り合ってもらえなかった。『東京青年ユニオン』の支援を受けたが、やはり団体交渉は拒絶されてしまった」

「副社長と専務の報告によると、山中は本社の業務妨害をしたということだった。だから、わたしは顧問弁護士の樋口先生に『いまは交渉に応じられない』と代弁してもらったんだ」

「まだ話は終わってないっ。山中は会社の対応に誠意が感じられないんで、内部告発する決意を固めた。その準備中に山中は自宅マンションで殺害されてしまった。会社ぐるみで食材納入業者にキックバックを要求してたことが世間に知れたら、『くつろぎ商事』は倒産しかねない。だから、あんたは焦《あせ》って犯罪のプロを雇《やと》い、山中啓太を始末させたんだろうが！　その前に山中と『東京青年ユニオン』の長坂事務局長を誰かに襲わせた。二人を怯えさせて、団体交渉を断念させたかったんだろう。おれたちは証拠を握ってるんだっ」

「待ってくれ。わたしは、誰にも山中や長坂事務局長を威《おど》させてない。嘘じゃない、本当だ。それより、専務の原が納入業者からバックリベートを貰ってたという話は事実なのか？」

「ああ、事実だよ。さっき警察関係者から情報を入手したと言ったはずだ。原は三億六千万前後のリベートを受け取って、あんたから多額の分け前を貰ってたんだろう。それだから、モデルだったマーガレット・ミッチャムというオーストラリア女性を愛人にできた。落合経理部長も相応の分け前を得られたので、元クラブホステスの波多野安寿を囲うことができたんだろう」

「原と落合がそれぞれ愛人の面倒を見てたなんて、わたしはまったく知らなかったよ。副社長も知らないだろう。もちろん、キックバックの件は承知してない。本当なんだよ」

所社長が訴えるように言った。

「しぶといね」

「わたしは商売には熱心だが、食材納入業者の売掛金の一部を戻させるようなことはしてないぞ。おおかた原と落合が結託《けったく》して、業者たちからたかったんだろう」

「会社ぐるみのたかりじゃなかったと言い張るのか」

「そうだ。その通りなんだから、わたしを強請ることはできないぞ」

「言い逃れをやめる気がないなら、一発ぶち込む！」

浅倉はホルスターからグロック32を引き抜き、銃口を所社長に向けた。安全弁は掛けたままだった。発砲する気はなかった。

所は一瞬たじろいだが、言《げん》は翻さない。同じ言葉を繰り返した。

「空とぼけてるようには見えませんね」

かたわらに立った宮内が耳打ちした。

「そうだな。ひとまず引き揚《あ》げるか」

「ええ」

「出直すことにするよ」

浅倉は所社長に言って、拳銃をホルスターに仕舞《しま》った。

「原専務は信頼できる人間だと思ってたのに……」

所が呟いて、獣《けもの》のように唸《うな》った。浅倉たちは無言で所社長に背を向け、ビル建設予定地を出た。急ぎ足でスカイラインを駐めてある場所まで引き返す。

「読みが浅かったな。所光夫は本事案ではシロだろう」

「わたしも、そういう心証を得ました。リーダー、樋口法律事務所に回りましょうよ」

宮内が運転席に入った。浅倉も助手席に坐った。

そのすぐ後、乾から浅倉に電話がかかってきた。

「報告が遅くなっちゃったすね。山中のおふくろさんが少し前にようやく帰宅したんすよ」

「で、待った甲斐《かい》はあったのか？」

「あったっすよ。被害者の携帯電話《マルガイガラケー》はまだ捜査本部から戻ってきてないそうですが、事件現場の部屋の見えにくい場所に別にスマホが隠されてたらしいんす。母親が息子の部屋を引き払うときに見つけて実家に持ち帰ったんだけど、捜査関係者には黙ってたらしいんっすよ。そのスマホに女装した樋口弁護士の姿が動画撮影されてたんす」

「なんだって!?　樋口に似た人間なんじゃないのか？」

「樋口本人でした。蓮見も動画を観《み》て、驚いてたっす。ヤメ検弁護士には変身願望があって、時々、女装して街を歩いてるみたいっすね。山中自身が動画撮影したかわからないっすけど、スマホを見つかりにくい場所に隠してあったってことは……」

「山中は樋口弁護士の弱みを握って、会社側を同じテーブルに坐らせる気だったんだろうな」

「そういうことだったんすね。ええ、そうなんだと思います」

「スマホは借りられたんだな？」

「ええ」

「おれと宮内は、これから銀座の樋口法律事務所に向かおうとしてたんだ。おまえたち二人も銀座に来てくれ。樋口をリレー尾行しよう」

「了解っす」

「段取りは合流してから決めよう」

浅倉は通話を切り上げ、宮内に小さく笑いかけた。

3

動画を静止させる。

浅倉は瞬《まばた》きを止めた。殺害された山中が所有していたスマートフォンのディスプレイには、女装した男の横顔が映っている。紛《まぎ》れもなく、弁護士の樋口だった。

浅倉はエルグランドの助手席に坐っていた。運転席には乾がいる。車は、銀座二丁目にある明和ビルの近くに停止中だ。

エルグランドの二十メートルほど後方には、スカイラインが張り込んでいる。運転席には玲奈が乗り込んでいた。助手席に坐っているのは、言うまでもなく元SPの宮内だ。少し前に捜査車輛と相棒を替えたのである。

「セミロングのウィッグがちょっと不自然な感じっすけど、うまくメイクしてるっすよね。遠目には女に見えるんじゃないっすか?」

乾が言った。

「そうだな」

「だいぶ前にテレビのドキュメンタリー番組で知ったんすけど、堅い職業に就《つ》いてる男たちが女装を娯《たの》しんでストレス解消してるみたいっすよ。セクシーなパンティーを穿《は》いてブラジャーも着用し、入念に化粧してから夜の盛り場をぶらつくだけで気分転換になるようっすね」

「おれも週刊誌で、会員制の女装クラブがあることを知った。会員は公務員や教師が多いようだな。判事や僧侶も会員になってるらしいから、元検事の弁護士に女装趣味があっても別に不思議はないんだろうが……」

「でも、ちょっと意表を衝《つ》かれたっすよね。樋口は以前、東京地検刑事部の検事だったんすから」

「樋口は元エリート検事だが、なぜか大企業の顧問弁護士になれなかった。いろいろ不満が溜まってるんで、時々、別人のように振る舞って気分を変えてるんじゃないか。これは、おまえが預かっててくれ」

浅倉はスマートフォンを乾に返した。

「それだけなんすかね。ひょっとしたら、樋口は女よりも男に惹《ひ》かれてるのかもしれないっすよ」

「仮にゲイだったとしても、いまの時代、そのことが弱みになるかな？」

「昔ほどじゃないにしても、ある程度はなるんじゃないっすか。山中啓太は仕事に追われてたけど、なんとか時間を作って密《ひそ》かに樋口を尾行してたんでしょう。それで、女装姿のヤメ検弁護士の秘密を握ったんじゃないっすかね？」

「その秘密を切札にして、顧問弁護士に会社側に労働条件の改善を働きかけさせようと考えてたんだろうか」

「そうなんじゃないっすか」

「女装趣味があるだけじゃ、致命的な弱みにはならないだろう。樋口は女装して、何かとんでもないことをしてるのかもしれないな」

「好みのタイプの野郎に声をかけて、ホテルに誘い込んで枕探しみたいなことをしてたんすかね？」

「大企業の顧問弁護士のように高収入は得てないと思うが、一般サラリーマンよりははるかに稼いでるにちがいない」

「金に困ってるわけじゃないとすると……」

乾が考える顔つきになった。

そのとき、明和ビルから樋口弁護士が現われた。黒いスポーツバッグを提《さ》げている。スポーツクラブに通っているのか。

浅倉は宮内に電話をかけ、マークした人物がオフィスから出てきたことを教えた。

樋口は中央通りに向かって歩きだした。後ろ姿が小さくなってから、乾がエルグランドを発進させる。後方のスカイラインもライトを点《つ》けた。

樋口弁護士は中央通りで、タクシーを捕まえた。エルグランドとスカイラインは前後になりながら、樋口を乗せたタクシーを追尾《ついび》しはじめた。

ほどなくタクシーはJR新橋《しんばし》駅の近くの雑居ビルの前で停まった。樋口は馴《な》れた足取りで雑居ビルの中に入っていった。

浅倉は、路肩に寄せられたエルグランドから降りた。樋口が吸い込まれた雑居ビルまで走る。地下のフロアに通じる階段を下《くだ》る樋口の後ろ姿が見えた。

浅倉は、雑居ビルのテナントプレートに目を向けた。地下一階には、貸会議室というプレートしか掲《かか》げられていない。いわゆるレンタルルームになっているようだ。

浅倉は靴音を殺しながら、地下一階に降りた。

通路の右側に四つのドアが並んでいる。

浅倉は抜き足で進み、端から各室のドアに耳を押し当てた。最初のレンタルルームからは、三人の男の話し声が響いてきた。樋口の声は聞こえない。

二番目のレンタルルームには、二人の女性がいた。マーケティングに関する話をしている。三番目の部屋は、ひっそりと静まり返っていた。利用者はいないようだ。

最も奥の部屋からも、人の話し声は洩《も》れてこなかった。ただ、着替えをしている気配が伝わってくる。樋口が女装中なのだろう。浅倉はドアをノックしたい衝動を抑《おさ》えて、通路を逆戻りしはじめた。

雑居ビルを出ると、すぐそばの暗がりに三人の部下が立っていた。

「樋口はレンタルルームで女装してるようだ。表に出てきたら、尾行を続行する。いいな？」

浅倉は言った。部下たちがうなずく。

「対象者《マルタイ》が電車かバスに乗るようだったら、乾と蓮見が尾行を担当する。樋口が女性しか入れない場所に行った場合は、蓮見が追う」

「わかりました」

玲奈が短い返事をした。

「車に戻って、樋口が出てくるのを待とう」

「了解！」

宮内が玲奈とともにスカイラインに走り寄った。浅倉と乾もエルグランドの中に戻った。

女装した樋口が外に出てきたのは三十数分後だった。右手にスポーツバッグ、左腕にはハンドバッグを掛けている。

樋口は新橋駅に着くと、スポーツバッグをコインロッカーに預けた。改札を抜け、ごく自然な足取りで女性用トイレの中に入っていった。

浅倉は玲奈に目配《めくば》せした。

玲奈が改札を通り、女性用トイレに消えた。浅倉たち三人は少し離れて構内に散った。

樋口がトイレから出てきたのは七、八分後だった。

改札を出ると、タクシー乗り場に向かった。宮内と乾が樋口を追う。浅倉は動かなかった。二分ほど待つと、玲奈が駆け寄ってきた。

「二つのブースの汚物入れの陰に、それぞれCCDカメラが仕掛けられてたんですよ。樋口の仕業《しわざ》だと思います」

「盗撮マニアだったのか」

「そうなんでしょう。樋口は女性の排尿シーンを盗撮するため、女装してたんでしょうね。変態そのものですよ」

「CCDカメラは押収したな？」

「はい。樋口の指掌紋《しょうもん》が付着してるはずですから、別件で任意同行を求める手もあるでしょうね」

「いや、もう少し泳がせよう」

浅倉は玲奈を促し、タクシー乗り場に走った。

樋口は、タクシー待ちの列に加わっていた。少し離れた場所に宮内と乾がたたずんでいる。

「車に戻って、樋口のタクシーを尾行しよう」

浅倉は玲奈に耳打ちした。

玲奈が急ぎ足でスカイラインに向かった。宮内が玲奈を追う。乾が心得顔でエルグランドに乗り込んだ。浅倉は物陰に身を寄せ、タクシー乗り場に目を注《そそ》いだ。

やがて、樋口がオレンジ色のタクシーに乗った。それを見届けてから、浅倉はエルグランドの助手席に乗り込んだ。

すぐに相棒に樋口が乗ったタクシーの色とナンバーを教える。乾がオレンジ色のタクシーを尾《つ》けはじめた。

「樋口はどうやら盗撮魔らしいんだ」

浅倉は、玲奈の報告をそのまま乾に伝えた。

「女装してたのは、女性用トイレに入るためだったんすか」

「二つの個室にCCDカメラを仕掛けてたようだから、そうだったんだろうな」

「ヤメ検弁護士は変態野郎だったのか。なら、山中は切札を手に入れたわけっすよね。山中は樋口の弱みにつけ込んで、自分の要求を会社側に呑ませようとしてたにちがいないな。樋口は身の破滅を回避したくて、誰かに山中を始末させたんでしょう。リーダー、それで決まりっすよ。別件で樋口を引っ張って、別働隊に追及してもらえば……」

「樋口に疑わしい点はあるが、真犯人《ホンボシ》じゃない気がするな」

「真犯人《ホンボシ》は別にいるんすか⁉」

「まだ確証はないんだが、そんな気がしてならないんだ。だから、もうちょっと樋口を泳がせたほうがいいと判断したんだよ」

「そうっすか」

乾が口を結んだ。

オレンジ色のタクシーは赤坂見附《みつけ》から四谷《よつや》方向に進み、やがて新宿歌舞伎町に入った。

樋口は歌舞伎町一番街の入口付近でタクシーを降り、東亜《とうあ》会館の手前のカフェに吸い込まれた。

乾がカフェの手前で車を停める。

「おまえたち三人は、車の中で待機しててくれ」

浅倉は言って、エルグランドを降りた。変装用の黒縁眼鏡をかけてから、カフェの店内に入る。

浅倉は人と待ち合わせをしている振りをし、素早く店内を見回した。

女装した樋口は奥のテーブル席で、三十歳前後の男と向かい合っていた。クルーカットで、体軀《たいく》は逞《たくま》しい。

店内は妙に明るかった。客の姿は疎《まば》らだった。樋口たちのいる近くに坐り、会話を盗み聴《ぎ》きしたかった。だが、怪しまれそうだ。

浅倉はカフェを出た。

すると、店の斜め前に宮内が立っていた。

「蓮見から、CCDカメラを押収したことを聞きました。樋口が怪しいですね」

「乾もそう推測してるんだが、おれは樋口とは別の者が山中殺しの首謀者なんではないかと睨んでる。おそらく樋口は真犯人《ホンボシ》に盗撮マニアであることを知られ、何か悪事の片棒を担《かつ》がされてるんだろう」

「そのことを山中啓太に知られたんで、樋口が誰かを雇ったとは考えられませんか?」

「法律家は殺人教唆《きょうさ》罪も重いことは充分にわかってるはずだ」

「だから、愚《おろ》かなことはしない？」

「そう思うよ」

「リーダーは真犯人《ホンボシ》に見当がついてるんじゃないですか？」

「残念ながら、まだ主犯の顔は透《す》けてこないんだ」

「そうですか」

「樋口と話し込んでる三十歳前後の男の身許が判明すれば、真犯人の見当がつくかもしれない。二人がカフェから別々に出てきたら、おまえと蓮見は樋口を尾《つ》けてくれ。おれと乾は、正体不明の男を尾行するよ」

「わかりました。二人が一緒に行動するようだったら？」

「四人でリレー尾行することにしよう。車の中に戻ったほうがいいな」

浅倉は宮内に言って、エルグランドに足を向けた。宮内がスカイラインの助手席に腰を沈めた。

二十分ほど経過すると、カフェから樋口が先に出てきた。花道《はなみち》通りに向かって歩きだす。スカイラインが低速で樋口の後を追いはじめた。
五、六分後、クルーカットの男が店から出てきた。靖国《やすくに》通り方向に歩《ほ》を運んでいる。
乾が車を脇道にバックで入れ、ゆっくりと左折する。

男は歌舞伎町一番街の雑沓《ざっとう》を縫《ぬ》うと、大《おお》ガードの少し手前に駐めてあるマイクロバスに乗り込んだ。男のほかに車内には誰も乗っていなかった。

乾がエルグランドをマイクロバスの十メートルあまり後方に停めた。浅倉はマイクロバスのナンバー照会をした。

盗難車だった。埼玉県志木《しき》市内で先月上旬に盗まれた車であることが判明した。福祉施設所有のマイクロバスだ。

「盗難車だよ、前のマイクロバスは」

「クルーカットの男が何か危《ヤバ》いことをやってることは間違いないっすね」

「だろうな。ワンボックスカーやセダンを盗《ギ》らなかったのは、多くの人間を乗せたかったんだろう」

「そうなんでしょうね。怪しい野郎は運転席で煙草《たばこ》を吹かしながら、周《まわ》りをきょろ見てるっすよ。盗難車に乗ってるから、落ち着かない様子だな」

「自動車警ら隊に不審がられやしないか警戒してるんだろう」

「そんな感じっすね。誰かを待ってるみたいだな」

「多分、そうなんだろう。誰を待ってるのか、そのうちわかると思うよ」

浅倉はセブンスターをくわえた。

玲奈から電話がかかってきたのは数十分後だった。

「リーダー、樋口はネットカフェの常連客と思われる二十代の男たちに次々に声をかけて、いいアルバイトがあると誘ってます。あんまり近づけないんで遣《や》り取りを聞き取ることはできませんでしたけど、声をかけられた連中は揃《そろ》って乗り気になったみたいでしたね」

「何か非合法ビジネスの働き手をリクルートしてるんじゃないか」

「ええ、そうなのかもしれません。合成麻薬か、危険ドラッグの密造工場に若い人材を送り込むつもりなのかしら？」

「派遣《はけん》の仕事でその日暮らしをしてるワーキングプアはウィークリーマンションを借りる余裕もないんだろうから、寝食が保証されて日給も悪くなかったら、誘いに乗るんじゃないか」

「ええ、そうでしょうね」

「カフェで樋口と会ってた三十ぐらいの男は、靖国通りに駐めたマイクロバスで人を待ってる様子なんだ。そのマイクロバスは盗難車だったよ」

「その男は、樋口が集めた貧困層の若者たちをマイクロバスに乗せて何かの密造工場に送り届ける気なんじゃないでしょうか？」

「ああ、考えられるな。引きつづき宮内と一緒に樋口の動きを探ってみてくれ」

浅倉は電話を切った。

「電話の内容から察すると、変態弁護士はネットカフェ難民と呼ばれてる連中に割のいいバイトがあると誘ってるみたいっすね」

「そうなんだろう」

「好条件に釣《つ》られた連中は薬物の密造所に送り込まれてるんじゃなくて、闇病院であらゆる内臓を抜かれるんじゃないっすか。あるいは、秘密殺人クラブの獲物にされるのかもしれないっすよ」

「おまえの発想は劇画チックだな」

「けど、まるでリアリティーのない話じゃないでしょ？　誘拐された少女がセックスペットとして飼われた末、監禁犯に手脚《てあし》を切断された犯罪《ヤマ》も実際に起こりましたんで。ブラジルのストリート・チルドレンたちが拉致《らち》されて、クレージーな金持ちに生きたまま鰐《わに》やピラニアの餌《えさ》にされた事例もあるな」

「そうだが、日本ではそこまで残忍な殺人事件は起こらないだろう」

「リーダー、わからないっすよ。ある犯罪心理学者はごく普通の人間にも、殺人願望は潜在下にあるんだと明言してる。まともな者は、そういうどす黒い衝動を理性で抑《おさ》えてるわけっすけど、イッちゃってる連中はバレなければ、犯罪者やホームレスをぶっ殺したいと考えてるんじゃないっすかね」

「樋口がネットカフェを塒《ねぐら》にしてる若い男たちを快楽殺人の獲物《えもの》にしようとしてるとは思えないな。違法ビジネスの労働力にする気なんじゃないか」

「そうなのかな」

乾は何か言いたげな表情だったが、そのまま黙り込んだ。

樋口が二人の若い男を伴ってマイクロバスに歩み寄ったのは小一時間後《こ》だった。クルーカットの男が二人の青年を笑顔でマイクロバスに迎え入れた。樋口はすぐにマイクロバスから離れ、ふたたび人波の中に入っていった。

もっと人手が欲しいのだろう。宮内が女装した弁護士を尾行していた。玲奈は近くで、スカイラインの中で宮内の指示を待っているにちがいない。

「樋口はマイクロバスが満席になるまでネットカフェ難民を集める気なんすかね」

乾が言った。

「そうなのかもしれない」

「なんかもどかしいな。リーダー、クルーカットの野郎を締め上げて、どんな悪さをしてるのか吐かせましょうよ。そうすれば、山中殺しの真犯人《ホンボシ》にたどり着けるんじゃないっすか」

「乾、そう焦《じ》れるな。功を急ぐと、悪い結果を招くことが少なくないんだ。クルーカットの男が黒幕を庇《かば》い通したら、首謀者に高飛《ジャンプ》びされてしまうかもしれないんだぞ。ここは、じっくり腰を据えようじゃないか」

「おれ、せっかちっすからね」

「それを直せば、おまえも数年後には殺人犯捜査の腕こきになるだろう。缶コーヒーでも飲んで、ゆったりと構えろって」

浅倉は相棒に肩をぶつけた。

4

マイクロバスが動きはじめた。

午後十一時五十分ごろだった。車内には、七人の若い男が乗り込んでいた。

運転者はクルーカットの男だ。女装したままの樋口は、運転席に近いシートに腰かけている。

「樋口がネットカフェで声をかけた七人の若い奴らは、秘密のアジトに連れていかれるんだろう」

浅倉は、ステアリングを握っている乾に語りかけた。エルグランドは二台のセダンを挟んで、不審なマイクロバスを追尾していた。

チームのスカイラインは、すぐ後ろを走行中だった。ドライバーは玲奈だ。宮内は助手席に坐っている。

「リーダー、七人の男は美術品の窃盗をやらされるんじゃないっすかね。それとも、高級車泥棒の手先にされるのかな」

「ネットカフェを塒《ねぐら》にしてる貧しい若者たちは堅気《かたぎ》なんだろうから、窃盗グループの戦力としては使えないだろうが？」

「そうだな、そうっすね。となると、故買品の仕分けでもやらされるのか。それとも、悪事の見張り役にされるんすかね？」

「おそらく、そんなところだろうな」

「クルーカットの男の正体がわかりゃ、どんな悪さをしてるか見当もつくんすけど」

乾が口を結んだ。

マイクロバスは山手《やまて》通りを右に折れ、目白方面に向かった。目白通りにぶつかると、今度は左折した。

「道なりに進むと、谷原《やはら》交差点に達するな。マイクロバスは関越《かんえつ》自動車道に乗り入れるんじゃないっすか？」

「そうかもしれないな」

「違法ビジネスの拠点は、地方のどこかにあるみたいっすね。となると、七人の男は麻薬か拳銃の密造工場にでも……」

「乾、結論を急ぐなと忠告したよな」

浅倉は苦笑しながら、やんわりと注意した。

その十数秒後、立花班長から浅倉に電話がかかってきた。浅倉はだいぶ前に班長に捜査の経過を報告してあった。

「女装したヤメ検弁護士はまだネットカフェを回って、人集めをしてるのか？」

「少し前にマイクロバスは走りだしました。樋口は七人の若い男を勧誘し、マイクロバスに同乗しました。クルーカットの男が車を運転してます」

「そうか。きみら四人はマイクロバスを追跡中なんだな？」

「ええ。現在、目白通りを練馬《ねりま》方面に向かっています」

「そう。別働隊が樋口弁護士の過去の汚点を調べ上げてくれたよ。樋口は検事時代に品川《しながわ》駅構内のエスカレーターで若い女性のスカートの中を携帯電話のカメラで盗撮して、鉄道警察隊に検挙された。しかし、検察庁の偉いさんが裏から手を回したんで、事件化はされなかったんだ」

立花が言った。

「破廉恥《はれんち》な犯罪は揉《も》み消されたわけですか」

「そうなんだ。その翌年、樋口は日本橋《にほんばし》の老舗《しにせ》デパートの女性用化粧室のブースにCCDカメラを仕掛けようとしたところを保安員に見つかって、取り押さえられたんだよ」

「そのときも、上司が事件を揉み消したんでしょうね」

「そう。検察庁は身内の不祥事を表沙汰《おもてざた》にされたくなかったにちがいない。検事の恥ずかしい犯罪が公《おおやけ》になったら、最強の捜査機関の威信《いしん》は失墜《しっつい》することになるからな」

「ええ」

「樋口は二度も不始末を起こしたので、出世コースから外されることになった。弁護士になっても、大企業の顧問になれなかったのは悪い噂が自然に広がったせいだろうな。人の口に戸は立てられないからね」

「歪《ゆが》んだ性癖《せいへき》はなかなか直らないようだな」

「そうなんだろう。樋口の両親は厳格で、ことに性的なものに好奇心を持つことを子供のころから禁じてたらしいんだ。高校生のときに親に隠れてポルノ小説を読んでた樋口は父に木刀で叩かれ、母には熱したアイロンを下腹部に押し当てられたそうだよ」

「明らかに、やりすぎだな。そこまでやったら、逆に息子は淫《みだ》らな妄想《もうそう》を膨《ふく》らませるだけでしょう」

浅倉は呆《あき》れた。

「それで、樋口は盗撮マニアになってしまったんだろう。親の教育に問題があったことは間違いなさそうだな。だからといって、下劣《げれつ》な行為は許されることじゃない」

「ええ」

「それからね、山中啓太が見つかりにくい場所にスマートフォンを隠してあったという報告だったが、本人は携帯電話《ガラケー》しかふだんは使ってなかったんだ」

「樋口弁護士の女装姿を隠し撮りしたのは、山中本人じゃないかもしれないんですね？」

「おそらく隠し撮りしたのは別人なんだろう。撮影者は山中と親しい人間なんだろうね。山中は、団体交渉を突っ撥《ぱ》ねた弁護士の弱みを探してくれないかと撮影者に頼んだんじゃないだろうか。樋口に何か弱みがあったら、それを切札にできると考えて」

「班長、そうだったのかもしれません。山中は仕事に追われて自分では樋口の私生活を洗うことはできなかったんでしょうから」

「そう考えたんで、わたしは捜査本部の者と偽《いつわ》って山中敏子に電話をしてみたんだよ。それでね、山中が高校時代の柔道部の先輩の小池優《こいけまさる》、三十歳とたまに飲み喰いしてると聞いたんだ」

「その小池という先輩はサラリーマンなんですか？」

「お母さんの話によると、小池優は二年前まで『東西警備保障』で有名デパート、大型スーパーの売上金の回収業務に携わってたんだが、三百万円を着服して解雇されてしまったらしいんだ」

「そいつは三十歳なんですね」

「山中よりも二学年先輩だという話だったから、そうだろうな。あっ、マイクロバスを運転してるクルーカットの男も三十ぐらいだったんじゃないか？」

立花が確かめた。

「ええ、そうです。マイクロバスを転がしてる奴が小池優ということも考えられますね。班長、小池のA号照会は？」

「したよ。だが、犯歴はなかったんだ。着服した三百万円は親族が弁済したので、『東西警備保障』は小池優を刑事告訴しなかったんだろう」

「そうなんでしょうね。小池はギャンブル好きで、消費者金融にだいぶ負債があったんですか？」

「そうじゃないんだ。後輩のガードマンたちを引き連れてキャバクラに通って、いつも奢《おご》ってたらしい。それで、消費者金融から金を借りてたんだろう。しかし、利払いもままならなくなったので、大型スーパーの売上金から三百万をくすねてしまったようだな」

「会社をクビになってから、小池優はどう暮らしてたんでしょう？」

「山中のお母さんの話だと、小池は人材派遣会社に登録して物流会社や自動車部品工場で契約社員として働いてたらしいんだが、四、五カ月前からは何も仕事をしてないようだと言ってたよ」

「そうですか」

「小池は親分肌で、後輩たちの面倒見はいいみたいなんだ。だから、山中は小池を慕《した》ってたようだね。しかし、母親は小池と徐々に離れたほうがいいと息子に言ってたらしいんだが……」

「つき合いはつづいてたわけですか」

「そうみたいだね」

「小池は親の家で只飯《ただめし》を喰わせてもらってるんでしょうか？」

「いや、派遣の仕事を辞《や》めてからは友人宅を転々としてるそうだよ。そのへんのことは、明日の午前中にでも別働隊に調べてもらおう。小池優が樋口弁護士の弱みにつけ込んで、悪事の片棒を担《かつ》がせてる疑いもあるからな」

「ええ、そうですね。そうだとしたら、小池という男は後輩の山中には内緒で樋口弁護士を威《おど》して……」

「悪事の片棒を担がせてるのかもしれないな。そのことを知った山中が先輩を咎《とが》めたんだとしたら、本事案の加害者は小池だとも考えられる。浅倉君、どう思う？」

「その疑いは否定できないでしょうね。クルーカットの男が小池だとしたら、いったいどんな悪事を企《たくら》んでるのか」

「マイクロバスを見失わないでほしいな。浅倉君、油断しないでくれ。応援要請があったら、ただちに別働隊のメンバーを送り込む。頼むぞ」

「わかりました」

浅倉は電話を切った。いつの間にか、エルグランドは関越自動車道の下《くだ》り線に乗り入れていた。前走のマイクロバスはひた走りに走っている。

浅倉は、乾に班長から聞いた話を伝えた。

「マイクロバスを運転してるのは小池っぽいっすね。四、五カ月前から仕事をしてないんだったら、金に詰まってそうだな。いつまでも知り合い宅を泊まり歩いてられないんで、小池は弱みのある樋口を仲間に引きずり込んだんじゃないっすか。弁護士なら、違法すれすれのダーティー・ビジネスを教えてくれるでしょうからね」

「悪知恵を授《さず》けてくれなかったら、盗撮してることをネットにアップするぞと脅迫すれば、樋口は震え上がるだろう」

「ええ、言いなりになるんじゃないっすか。それで、かなり危《ヤバ》いこともヤメ検弁護士は手伝うと思うっすよ。脅迫者に逆《さか》らうことはできないわけっすから」

「そうだな」

「リーダー、山中は根が真面目な男っすよね。高校時代の先輩が弱みのある樋口をビビらせて、悪事の片棒を担がせてることを知ったら、黙っていられなくなるでしょ？」

「だろうな」

「山中は、先輩の小池を強く窘《たしな》めたんじゃないっすか。小池は山中を生かしておいては、まずいことになると思った。だから、最初は樋口に山中を殺《や》らせようとしたのかもしれないっすよ」

「しかし、樋口は人殺しまではできないと拒絶した。小池は本気で威《おど》したんだろうが、それでも樋口は命令に従わなかった。それだから、小池自身が後輩の山中啓太を刺し殺したんだろうか」

「今度こそ決まりでしょ？」

「そう筋を読むことはできるんだが、なんか腑に落ちないんだ」

「どこがっすか？」

「事件の加害者は、他殺に見せかけた自殺と思わせるような細工をしてる。ガードマンのころに大型スーパーの売上金の一部をくすねるような単細胞《マルタン》がそんな偽装工作を思いつくとは考えにくいじゃないか」

「ミスリードを狙《ねら》うなんてことはないっすかね」

「ないと思う。真犯人《ホンボシ》はもっと頭が回る奴なんだろう」

「樋口が小池に追い込まれて、山中を始末したのかな」

「いや、実行犯は樋口でもないと思うよ。被害者《マルガイ》と樋口は敵対関係にあったんだから、『若宮コーポラス』の三〇三号室の奥まで押し入ったら、山中は本能的に身構えるはずだ。指の股に針状の物で突かれるまで、ぼんやりと立ってないだろう」

「でしょうね」

「加害者は、山中に信頼されてた奴と見るべきだろうな」

「山中は『東京青年ユニオン』の長坂事務局長やフリージャーナリストの垂水恭平は信頼

してたんだろうけど、その二人に特に疑わしい点はないっすよね」

「そう断定はできないんじゃないか。長坂事務局長は山中を支援したことで、正体不明の暴漢に襲われた。同じ目に遭《あ》った山中は、その後、殺害された。だが、長坂は命までは奪われなかった。おれは、そのことが釈然としないんだ。意地の悪い見方をすれば、長坂が第三者に山中を襲わせてから、殺させたとも疑えるんじゃないか」

「そうだとしたら、長坂の話は狂言だったことになる。犯行動機がわからないっすね」

乾が唸って、ハンドルを握り直した。

浅倉は宮内に電話をして、立花班長から聞いたことを喋った。

「マイクロバスを運転してるのは、被害者の高校時代の先輩の小池優と思ってもよさそうですね。山中に頼まれて樋口が盗撮マニアという事実を突きとめ、悪事の仲間に引きずり込んだんでしょう」

「そこまでの筋読みは正しいだろうな。そして、そのことを知った山中が小池を詰《なじ》ったと推察できる」

「そうだったとしたら、山中を刺殺したのは小池臭いですね」

「小池が手の込んだ殺し方をするだろうか」

「そう言われると、首を傾《かし》げたくなりますね」

宮内が呟くように言った。

「小池は樋口の弱みにつけ込んで何か悪事の片棒を担がせてるようだが、元ガードマンの後ろに黒幕がいるんじゃないだろうか」

「そうなんですかね」

「小池は、まだ三十歳なんだ。何か荒っぽい手口で大金を手に入れようと企《たくら》んでるのかもしれないが、まだ貫禄《かんろく》がない。首謀者としては、若すぎると思わないか？」

「ええ、ちょっと若すぎますね。小池優という奴は、アンダーボスなのかもしれないな」

「おれは、そう睨んでるんだ。おそらく小池は黒幕《ビッグボス》に指示された通りに動いてるだけなんだろう」

「リーダー、ビッグボスは誰なんです？」

「そいつの顔が鮮明に透けてこないんだが、気になる人物はいる。被害者《マルガイ》が気を許してた奴なんだろうな。そう推測した理由《わけ》は……」

浅倉は根拠を挙《あ》げた。

「ええ、犯人は刃物を使う前に被害者の片腕を摑んで指の股に針と思われる物を突き刺してますね。そんなことができたのは、顔見知りによる犯行だったからでしょう」

「そうにちがいないよ。そう考えると、長坂事務局長に対する疑惑が膨らんでくるんだが、まだ犯人《ホシ》は特定できないがな」

「被害者の支援をしてた長坂が怪しいわけですか。わたしは、そこまで考えられませんでした」

「おれの筋読みは外れてるのかもしれないが、長坂のことが気になってな。彼には他人《ひと》に言えない事情があるのかもしれないぞ。宮内、蓮見に班長からの情報をつぶさに伝えておいてくれ」

「わかりました」

「花園IC《はなぞのインター》を通過したら、おれたちの車は追越しレーンに移って、マイクロバスの前に出るよ。次の本庄児玉《ほんじょうこだま》ICを抜けたら、ポジションを替えよう。そうして追尾したら、またスカイラインはマイクロバスの尻《けつ》につけてくれないか。エルグランドは、おまえらの車の後ろに回る」

「了解です」

宮内が通話を切り上げた。

マイクロバスはサービスエリアに入ることなく、ハイウェイを疾駆《しっく》しつづけた。高崎《たかさき》ICを過ぎてから、マイクロバスの後ろにスカイラインが回り込んだ。エルグランドはスカイラインに従う形になった。

マイクロバスは昭和ICで一般道に下《お》りた。六十五号線を六、七キロ進み、子持山《こもちやま》の東《とう》麓《ろく》の町道をたどって格納庫のような形の建物のある敷地の中に入っていった。

民家とは明らかに造りが異《こと》なる。酒蔵か工場だろう。二台の覆面パトカーは近くの道端に縦列に停まった。

浅倉は三人の部下を従えて、変わった形の建造物に忍び寄った。

広い敷地の前面はコンクリートの万年塀がつづいている。門は開け放たれたままだった。防犯カメラは設置されていない。

格納庫に似た建物は左手にある。ほぼ正面にマイクロバスが見えた。車内には誰もいなかった。

右手には、寮のような造りの二階家が建っている。だいぶ古い建物だ。階下には電灯が点《つ》いている。七人の若い男は、家屋の中にいるようだ。クルーカットの男と樋口は、ネットカフェを塒《ねぐら》にしている若者たちのそばにいるのだろう。

「そっちは、蓮見と一緒に格納庫のような建物の中を検《しら》べてくれ」

浅倉は乾に指示した。巨漢刑事が玲奈に合図して、ドーム型の建造物に中腰で近づいていく。

浅倉と宮内は姿勢を低くして、二階家に接近した。

立ち止まったとき、ドーム型建造物から警報音が高く響いた。防犯センサーが作動したようだ。乾と玲奈が暗がりに走り入る。

「クルーカットの男と樋口が庭に飛び出してくるだろう。そうしたら、二人に職務質問する。宮内、用心しろよ。小池と思われる奴は丸腰じゃないかもしれないからな」

浅倉は元SPに言って、ホルスターからグロック32を引き抜いた。少し遅れて宮内もUSソーコム・ピストルを握った。

そのとき、二階家の照明が一斉に消された。

ほとんど同時に、七人の男たちが建物から次々に飛び出してきた。

「乾たち二人に七人を一カ所に集めさせてから、そっちは建物の裏手に回ってくれ。クルーカットの男と樋口は逃げる気なんだろう」

浅倉は宮内に言って、小型懐中電灯のスイッチを入れた。広い玄関に躍《おど》り込み、奥に光を向ける。

照らした先には、クルーカットの男が立っていた。手榴弾《しゆりゆうだん》のピンリングを引き抜き、草色の塊《かたまり》を投げつけてきた。浅倉は玄関を出て、庭先にダイブした。炸裂音《さくれつおん》が轟《とどろ》き、爆風が浅倉の体を掠《かす》めた。幸い爆炎に肌を焼かれることはなかった。

浅倉は素早く起き上がり、玄関の三和土《たたき》に飛び込んだ。

爆煙を払いのけ、懐中電灯の光を翳《かざ》す。クルーカットの男の姿は見当たらない。樋口とともに家の裏側に逃《のが》れたのだろう。

浅倉は二階家から走り出て、裏手に向かった。

だが、人影は目に留《と》まらない。拳銃を握った宮内が建物の反対側から回り込んできた。

「裏の林に逃げ込んだようだ」

「リーダー、追いましょう」

二人は林の中に分け入って、四方に光を当てた。だが、小池と思われる男と樋口はどこにもいなかった。

浅倉たちは内庭に駆け戻った。

乾と玲奈が固まっている男たちを挟む恰好《かっこう》で立っていた。

「この七人はネットカフェで勧誘されたんだな？」

浅倉は乾に訊《き》いた。

「そうっす。偽《にせ》のガードマンになって見張り役をこなしてくれれば、一回三十万円の謝礼を払うと樋口に言われたんで、マイクロバスに乗る気になったようっすね。クルーカットの男は池上《いけがみ》と自称してたらしいけど、おそらく小池優なんでしょう。昔、ガードマンをやってたんで、本物の制服を揃《そろ》えると言ってたそうっす」

「小池はデパートや大型スーパーの売上金を強奪する気なのかもしれないな」

「あっ、そうか。クルーカットの奴も樋口も、この連中には具体的な犯罪計画は教えてくれなかったようっす」

「そうか。ここは？」

「自称池上の知人の実家で、昔は醤油《しょうゆ》を製造してたようっす」

「そう」

「リーダー、小池優らしい男と樋口には逃げられたんですね？」

玲奈が問いかけてきた。

「そうなんだが、何日も逃げられるもんじゃないさ。逃がしてたまるかっ」

「ええ、必ず捕まえましょう」

「この七人から事情聴取したら、しばらくここで待とう。逃げた二人が戻ってくるかもしれないからな」

浅倉は部下たちに言って、ドーム型の建造物に歩《ほ》を運んだ。

ピッキング道具を使い、南京錠《なんきんじょう》を解く。浅倉は重い引き戸を開け、小型懐中電灯を点けた。奥に大型トレーラーが見える。

浅倉は足許を照らしながら、大型トレーラーに歩み寄った。

荷台のシートを引き剝がすと、二台の現金輸送車が載っていた。どちらの車体にも『東西警備保障』の社名がロゴ入りで入っている。偽の現金集配車だろう。塗料の濃淡が目立つ。

小池優は樋口が集めたネットカフェ難民たちを偽のガードマンに仕立て、デパート、大型スーパー、家電量販店などから売上金を強奪する気でいるらしい。各店の集配時刻やガードマンたちの配置場所などは熟知しているだろう。

奪った現金は偽の集配車に積み込み、犯行現場で待機している大型トレーラーの荷台に載せて逃走する計画だと思われる。そして、強奪金は黒幕が用意した隠し場所にしばらく保管されるのではないだろうか。

当然、小池と樋口には相応の分け前が与えられるはずだ。残りは主犯の取り分になるにちがいない。

「思い通りにはさせないぞ」

浅倉は声に出して呟き、建物の外に出た。

三日後の夕方である。

浅倉は伊豆《いず》の石廊崎《いろうざき》灯台近くの断崖《だんがい》から、眼下の荒磯を見下ろしていた。すぐ横には、玲奈が立っている。

押し寄せる波は砕《くだ》け散り、白い飛沫《しぶき》が目に鮮やかだ。行楽客が樋口泰広の水死体を発見したのは、きょうの午前十時過ぎだった。

崖の上には、樋口の靴が脱ぎ揃えられていた。片方の靴の中にパソコンで打たれた遺書が入っていたことから、地元署は投身自殺と断定した。遺体が収容されたのは午後一時過ぎだった。

投身自殺を装《よそお》った他殺という疑いも捨てきれない。浅倉は玲奈を伴って、この地を訪れたのだ。

真っ先に所轄署に赴《おもむ》き、二人は身分を明かして樋口の遺書を読ませてもらった。

山中啓太に弱みを知られたことで狼狽《ろうばい》し、ネットの掲示板で殺し屋を見つけて『くつろぎ亭』の野方店の店長を殺害させたと打たれていた。

直《じか》に手を汚してはいないが、罪の重さに耐えられなくなった。弁護士の自分が殺人教唆罪で逮捕されることを考えると、気がおかしくなりそうだ。この苦しみから逃れるには死を選ぶほかない。

そうした意味合いの内容だった。直筆の遺書でないことに納得がいかなかった。

浅倉は署長に頼み込んで、故人の亡骸《なきがら》と対面させてもらった。

樋口は女装したままではなかった。男の服をまとっていた。逃走中に着替えたのだろう。顔面と両手には、無数の裂傷と打撲《だぼく》の痕があった。落下時に、岩で傷つけたようだ。

残念ながら、他殺という確証は得られなかった。しかし、投身自殺と片づけることには抵抗があった。浅倉たち二人は地元署を出ると、スカイラインで投身場所と思われる現場に来た。

土産《みやげ》店やレストランの防犯カメラの映像を観《み》せてもらったが、どのDVDにも樋口の姿は映っていなかった。故人を見かけたという証言も得られなかった。やはり、疑問は残る。

「他殺と断言できるものは何もありませんけど、おそらく樋口は人のいない時間帯に海に投げ落とされて死んだんでしょうね」

玲奈が髪を掻《か》き上げながら、そう言った。海から吹きつけてくる風が強い。衣服は体にへばりついている。

「樋口を自殺に見せかけて死なせたのは小池優なんだろう」

浅倉は言った。

小池と樋口が逃走した夜、チームの四人は明け方まで現地に留《とど》まった。七人の男たちは事情聴取後、すぐに引き取らせた。むろん、氏名と連絡先は部下がメモした。

朝になっても、小池と樋口は舞い戻ってこなかった。浅倉たち四人は帰京し、それぞれ自宅で仮眠を取った。その日の夕方、池上という偽名を使っていたクルーカットの男が小池優であることを確認した。

それ以降、チームと別働隊は小池と樋口の行方を追ってきた。樋口が死んだことはきょうの午前中に判明したが、いまも小池は逃走中だ。

宮内・乾班は小池の交友関係を徹底的に調べ上げ、潜伏先を突きとめようとしている。

「小池の逃亡資金は、それほど多くはないでしょう？　まだ売上金強奪を実行したわけじゃありませんからね」

玲奈が言った。

「友人、知人、血縁者に連絡して、金を都合してもらうかもしれないな」

「ええ。四、五カ月前から小池は働いてないそうだから、お金を借りられそうな友人や知り合いはいないと思います。親兄弟とはしっくりいってないんでしょうが、やはり頼りになるのは家族でしょ？」

「そうだろうな。東京に戻って、蒲田《かまた》にある小池の実家に行ってみよう。家族の誰かが逃走資金を潜伏先に届けるかもしれないからな」

浅倉は体の向きを変え、車道をめざした。すぐに玲奈が従《つ》いてくる。

二人はスカイラインに乗り込んだ。玲奈が車を走らせはじめる。

小池の実家に着いたのは午後八時半過ぎだった。ありふれた二階家は住宅密集地の外れにあった。

張り込みはじめて二十数分後、立花班長から電話がかかってきた。

「少し前に大型スーパー『コニー』の御徒町《おかちまち》店の売上金が黒いフェイスマスクを着けた三人組に強奪されたんだが、『東西警備保障』のガードマン二人が手榴弾を投げつけられて怯《ひる》んだ隙《すき》に犯人たちは現金を積んだ車を奪って逃走した。現金集配車に乗り込んだのは二人で、見張り役の男は走って逃げたんだよ。でも、すぐにガードマンに取り押さえられたらしい」

「そいつは逃げた仲間のことを吐いたんですか？」

「吐いた。主犯は小池優で、奪った車を運転してるのは半グレの武藤《むとう》淳《じゅん》という二十六歳の男らしい」

「取っ捕まった奴は何者なんです？」

「元派遣作業員で、海老沢《えびさわ》と名乗ってるらしい。被害額は一億七千万以上だそうだ。浅倉君が推測した通り、小池はデパート、大型スーパー、ディスカウントショップの売上金を強奪する計画を立ててたんだろう」

「手榴弾でガードマンを竦《すく》ませた手口から考えると、先夜、ディスカウントショップ『セルバンテス』の売上金を奪い損《そこ》なったのは小池の手下だったのかもしれないな」

浅倉は言った。

「そう考えられるね。肝心のことが後回しになってしまったが、小池優の母親の実弟がなんと『東京青年ユニオン』の長坂克彦事務局長だったんだよ」

「それを聞いて、謎が解けました。一連の事件の首謀者は長坂でしょう」

「なんだって⁉」

「山中を支援してた長坂は飛ばっちりで、正体不明の魔手に襲われました。その前に山中も危険な目に遭《あ》ったわけですが、命を奪われたのは彼だけでした。そのことから、長坂の襲撃事件は狂言だったのかもしれないと疑うようになったんですよ。狂言なら、何か裏があるはずだと推測しました。初めは長坂が山中啓太に内緒で『くつろぎ商事』の専務か顧問弁護士と裏取引をしてるのかもしれないと疑いました。しかし、そうではなかった。まさか長坂が甥《おい》の小池優と共謀して樋口を抱き込んで、デパートや大型スーパーの売上金を強奪する気だったとは思いませんでしたよ」

「山中は長坂の悪謀を知ったんで、永久に口を塞《ふさ》がれてしまったのか」

「長坂か、小池のどちらかが山中啓太を殺害したんでしょう。樋口の弱みにつけ込み、仲間に引きずり込んで悪事の片棒を担がせたんでしょうが、足手まといになったんで投身自殺に見せかけて始末したんでしょうね」

「どっちがヤメ検弁護士を殺害したんだろうか」

立花が言った。

「二人を殺《や》ったのは、おそらく長坂だと思います。正義漢ぶってた悪人も、自分の甥を殺人犯にしたくないという情愛はあるでしょうから」

「そうだろうな。長坂は自作自演の芝居を打って、捜査の目を逸《そ》らそうと企んだわけか。善人ぶってたが、クズだね。小池たち二人の逃亡犯は時間の問題で捕まると思うよ。もう長坂は『東京青年ユニオン』の事務局にはいないだろうか」

「帰宅したかもしれませんが、先に西新宿の事務局に行ってみます。宮内と乾を長坂の自宅に向かわせてください」

浅倉は電話を切り、玲奈に通話内容を伝えた。

玲奈が顔を引き締め、スカイラインを急発進させた。サイレンを鳴らしながら、西新宿七丁目に急ぐ。

古ぼけた雑居ビルに到着したのは、およそ三十五分後だった。浅倉たちは五階に上がった。『東京青年ユニオン』の照明は灯《とも》っている。

浅倉はノックをせずに、ドアを大きく開けた。長坂は自席に向かって、夕刊を読んでいた。

「優、わたしの甥っ子は捕まってしまったのか」

「まだ逃走中だ。しかし、そのうち身柄を確保されるだろう。山中啓太と樋口泰広を殺したのは、あんただなっ」

「シラを切っても無駄だろうな。その通りだよ。わたしも甥も敗者のままで終わりたくなかったんだ。変態気味の樋口の前途も明るくはないだろう。だから、三人でデパート、大型スーパー、ディスカウントショップの売上金をごっそりいただいて、投資ビジネスで富を得たかったんだよ」

「そのことを山中啓太に知られてしまったので、永久に眠らせる気になったのね？」

玲奈が口を挟んだ。

「そうだ。わたしを頼りにしてた彼を殺したくはなかったんだが、仕方がなかったんだよ。ネットの裏サイトで見つけた二人の裏便利屋に協力してもらって、山中と自分が相前後して暴漢に襲われたことにしたのさ。早い話が狂言だな」

「仲間に引きずり込んだ樋口弁護士まで、なぜ殺害しなければならなかったのっ」

「樋口は盗撮の常習犯だったくせに、根は法律家だったんだ。自滅覚悟で、わたしと甥を官憲に売ろうとした。だから、死んでもらったわけさ。きみらも……」

長坂が不意に椅子から立ち上がった。その右手には、中国製マカロフのノーリンコ59が握られていた。

「使い馴《な》れない物を持つと、怪我の因《もと》だぞ」

浅倉はグロック32をホルスターから引き抜き、安全装置を解除した。

長坂がノーリンコ59を両手保持で構えた。浅倉は先に発砲した。九ミリ弾は相手の右の肩口に当たった。

長坂が壁に背中をぶち当て、横倒しに転がった。拳銃は床《ゆか》に落ち、横に一メートルほど滑走した。玲奈が手錠を抜き、長坂に駆け寄る。

浅倉は硝煙を手で払い、大きく前に踏み出した。


著者注・この作品はフィクションであり、登場する人物および団体名は、実在するものといっさい関係ありません。

本書は、『警視庁特務武装班　怪死』と題し、二〇一五年五月に徳間文庫から刊行された作品に、著者が大幅に加筆修正したものです。

一〇〇字書評

怪死

切り取り線

購買動機（新聞、雑誌名を記入するか、あるいは○をつけてください）

□（　　　　　　　　　　　　　　　　）の広告を見て
□（　　　　　　　　　　　　　　　　）の書評を見て
□ 知人のすすめで　　　　□ タイトルに惹かれて
□ カバーが良かったから　□ 内容が面白そうだから
□ 好きな作家だから　　　□ 好きな分野の本だから

・最近、最も感銘を受けた作品名をお書き下さい

・あなたのお好きな作家名をお書き下さい

・その他、ご要望がありましたらお書き下さい

住所	〒				
氏名		職業		年齢	
Eメール	※携帯には配信できません		新刊情報等のメール配信を 希望する・しない		

この本の感想を、編集部までお寄せいただけたらありがたく存じます。今後の企画の参考にさせていただきます。Eメールでも結構です。

いただいた「一〇〇字書評」は、新聞・雑誌等に紹介させていただくことがあります。その場合はお礼として特製図書カードを差し上げます。

前ページの原稿用紙に書評をお書きの上、切り取り、左記までお送り下さい。宛先の住所は不要です。

なお、ご記入いただいたお名前、ご住所等は、書評紹介の事前了解、謝礼のお届けのためだけに利用し、そのほかの目的のために利用することはありません。

〒一〇一―八七〇一
祥伝社文庫編集長　坂口芳和
電話　〇三（三二六五）二〇八〇

祥伝社ホームページの「ブックレビュー」からも、書き込めます。
www.shodensha.co.jp/bookreview

祥伝社文庫

怪死《かいし》　警視庁《けいしちょう》武装《ぶそう》捜査班《そうさはん》

令和 3 年 5 月 20 日　初版第 1 刷発行

著　者　南《みなみ》　英男《ひでお》

発行者　辻　浩明

発行所　祥伝社《しょうでんしゃ》

東京都千代田区神田神保町 3-3

〒101-8701

電話　03（3265）2081（販売部）

電話　03（3265）2080（編集部）

電話　03（3265）3622（業務部）

www.shodensha.co.jp

印刷所　堀内印刷

製本所　積信堂

カバーフォーマットデザイン　芥 陽子

 ISBN978-4-396-34727-7 C0193

祥伝社文庫の好評既刊

南　英男　刑事稼業　強行逮捕

捜査一課、組対第二課——刑事たちが足を棒にする捜査の先に辿りつく真実とは！　熱血の警察小説集。

南　英男　警視庁潜行捜査班シャドー　抹殺者《まっさつしゃ》

美人検事殺しを告白し、新たな殺しを宣言した〝抹殺屋〟。その狙いと検事殺しの真相は？　〝シャドー〟が追う！

南　英男　刑事稼業　弔《とむら》い捜査

組対の矢吹が、捜査一課の加門の目の前で射殺された。加門は事件の真相究明のため、更なる捜査に突き進む。

南　英男　殺し屋刑事《デカ》

悪徳刑事・百面鬼竜一《どうめきりゅういち》の〝一夜の天使〟が拉致された！　非道な暗殺指令を出す、憎き黒幕の正体とは？

南　英男　殺し屋刑事　女刺客

歌舞伎町のヤミ銭を掠《かす》める小悪党を追う百面鬼の前に……。悪《ワル》が悪を喰らいつくす、圧巻の警察アウトロー小説。

南　英男　殺し屋刑事　殺戮者《さつりくしゃ》

超巨額の身代金を掠め取れ！　メガバンクを狙った連続誘拐殺人犯に、強請《ゆすり》屋と百面鬼が戦いを挑んだ！

祥伝社文庫の好評既刊

南　英男
悪党《アウトロー》　警視庁組対部分室
(暴)《マルボウ》内に秘密裏に作られた、殺しの捜査のスペシャル相棒チーム登場！　力《りき》丸《まる》と尾崎《おざき》に、極秘指令が下される。

南　英男
シャッフル
カレー屋店主、OL、元刑事、企業舎弟《フロント》社員が大金を巡る運命の選択を迫られた！　緊迫のクライム・ノベル。

南　英男
闇処刑　警視庁組対部分室
腐敗した政治家や官僚の爆殺が続く。そんななか、捜査一課を出し抜く、無法刑事コンビが掴んだ驚きの真実！

南　英男
疑惑接点
フリージャーナリストの死体が見つかった。事件記者の彼が追っていた幾つもの凶悪事件を繋ぐ奇妙な接点とは？

南　英男
特務捜査
男気溢れる〝一匹狼〟の刑事が迷宮入り直前の凶悪事件に挑む。目撃者のない、テレビ局記者殺しの真相は？

南　英男
新宿署特別強行犯係
警視庁と四谷署の刑事が次々と殺害された。新宿署に秘密裏に設置された強行犯係『潜行捜査隊』に出動指令が！

祥伝社文庫の好評既刊

南 英男
奈落 強請屋《ゆすりや》稼業
違法カジノと四十数社の談合疑惑。悪逆非道な奴らからむしり取れ！ 一匹狼の探偵が大金の臭いを嗅ぎつけた！

南 英男
挑発 強請屋《ゆすりや》稼業
一匹狼の探偵が食らいつくエステ業界の華やかな闇――美しき女社長は甘くて怖い毒を持つ⁉

南 英男
暴虐 強請屋《ゆすりや》稼業
東京湾上の華やかな披露宴で大爆発！ 連続テロの影に何が？ 一匹狼の探偵が最強最厄の巨大組織に立ち向かう！

南 英男
悪謀 強請屋《ゆすりや》稼業
殺人凶器はインデイアン・トマホーク。容疑者は悪徳刑事…一匹狼探偵の相棒が断崖絶壁に追い詰められた！

南 英男
警視庁武装捜査班
火器ぶっぱなし放題！ 天下御免の強行捜査！ 解決のためなら何でもありのスペシャリストチーム登場！

南 英男
錯綜 警視庁武装捜査班
社会派ジャーナリスト殺人が政財界の闇をあぶり出した――カジノ利権に群がるクズを特捜チームがぶっつぶす！

〈祥伝社文庫　今月の新刊〉